Más Allá del Principio del Placer

Por

Sigmund Freud

I

En la teoría psicoanalítica adoptamos sin reservas el supuesto de que el decurso de los procesos anímicos es regulado automáticamente por el principio de placer. Vale decir: creemos que en todos los casos lo pone en marcha una tensión displacentera, y después adopta tal orientación que su resultado final coincide con una disminución de aquella, esto es, con una evitación de displacer o una producción de placer. Cuando consideramos con referencia a ese decurso los procesos anímicos por nosotros estudiados, introducimos en nuestro trabajo el punto de vista económico. A nuestro juicio, una exposición que además de los aspectos tópico y dinámico intente apreciar este otro aspecto, el económico, es la más completa que podamos concebir por el momento y merece distinguirse con el nombre de «exposición metapsicológica» .

En todo esto, no tiene para nosotros interés alguno indagar si nuestra tesis del principio de placer nos aproxima o nos afilia a un determinado sistema filosófico formulado en la historia. Es que hemos llegado a tales supuestos especulativos a raíz de nuestro empeño por describir y justipreciar los hechos de observación cotidiana en nuestro campo. Ni la prioridad ni la originalidad se cuentan entre los objetivos que se ha propuesto el trabajo psicoanalítico, y las impresiones que sirven de sustento a la formulación de este principio son tan palmarias que apenas se podría desconocerlas. Por otra parte, estaríamos dispuestos a confesar la precedencia de una teoría filosófica o psicológica que supiera indicarnos los significados de las sensaciones de placer y displacer, tan imperativas para nosotros. Por desdicha, sobre este punto no se nos ofrece nada utilizable. Es el ámbito más oscuro e inaccesible de la vida anímica y, puesto que no podemos evitar el tocarlo, yo creo que la hipótesis más laxa' que adoptemos será la mejor. Nos hemos resuelto a referir placer y displacer a la cantidad de excitación presente en la vida anímica -y no ligada de ningún modo- , así: el displacer corresponde a un incremento de esa cantidad, y el placer a una reducción de ella. No tenemos en mente una relación simple entre la intensidad de tales sensaciones y esas alteraciones a que las referimos; menos aún -según lo enseñan todas las experiencias de la psicofisiología-, una proporcionalidad directa; el factor decisivo respecto de la sensación es, probablemente, la medida del incremento o reducción en un período de tiempo. Es posible que la experimentación pueda aportar algo en este punto, pero para nosotros, los analistas, no es aconsejable adentrarnos más en este problema hasta que observaciones bien precisas puedan servirnos de guía.

Ahora bien, no puede resultarnos indiferente hallar que un investigador tan penetrante como G. T. Fecnner ha sustentado, sobre el placer y el displacer, una concepción coincidente en lo esencial con la que nos impuso el trabajo psicoanalítico. El enunciado de Fechner está contenido en su opúsculo Einige Ideen zur Schöpfungs- und Entwicklungs- geschichte der Organismen, 1873 (parte XI, suplemento, pág. 94), y reza como sigue: «Por cuanto las impulsiones concientes siempre van unidas con un placer o un displacer, estos últimos pueden concebirse referidos, en términos psicofísicos, a proporciones de estabilidad o de inestabilidad; y sobre esto puede fundarse la hipótesis que desarrollaré con más detalle en otro lugar, según la cual todo movimiento psicofísico que rebase el umbral de la conciencia va afectado de placer en la medida en que se aproxime, más allá de cierta frontera, a la estabilidad plena, y afectado de displacer en la medida en que más allá de cierta frontera se desvíe de aquella, existiendo entre ambas fronteras, que han de caracterizarse como umbrales cualitativos del placer y el displacer, un cierto margen de indiferencia estética... » .

Los hechos que nos movieron a creer que el principio de placer rige la vida anímica encuentran su expresión también en la hipótesis de que el aparato anímico se afana por mantener lo más baja posible, o al menos constante, la cantidad de excitación presente en él. Esto equivale a decir lo mismo, sólo que de otra manera, pues si el trabajo del aparato anímico se empeña en mantener baja la cantidad de excitación, todo cuanto sea apto para incrementarla se sentirá como disfuncional, vale decir, displacentero. El principio de placer se deriva del principio de constancia; en realidad, el principio de constancia se discernió a partir de los hechos que nos impusieron la hipótesis del principio de placer. Por otra parte, en un análisis más profundizado descubriremos que este afán, por nosotros supuesto, del aparato anímico se subordina como caso especial bajo el principio de Fechner de la tendencia a la estabilidad, a la que él refirió las sensaciones de placer y displacer.

Pero entonces debemos decir que, en verdad, es incorrecto hablar de un imperio del principio de placer sobre el decurso de los procesos anímicos. Si así fuera, la abrumadora mayoría de nuestros procesos anímicos tendría que ir acompañada de placer o llevar a él; y la experiencia más universal refuta enérgicamente esta conclusión. Por tanto, la situación no puede ser sino esta: en el alma existe una fuerte tendencia al principio de placer, pero ciertas otras fuerzas o constelaciones la contrarían, de suerte que el resultado final no siempre puede corresponder a la tendencia al placer. Compárese la observación que hace Fechner (1873, pág. 90) a raíz de un problema parecido: «Pero puesto que la tendencia a la meta no significa todavía su logro, y en general esta meta sólo puede alcanzarse por aproximaciones...» . Si ahora atendemos a la pregunta por las circunstancias capaces de impedir que el principio de placer prevalezca, volvemos a pisar un terreno seguro y conocido, y para dar la respuesta podemos aducir en sobrado número nuestras experiencias analíticas.

El primer caso de una tal inhibición del principio de placer nos es familiar; tiene el carácter de una ley (gesetzmüssig}. Sabemos que el principio de placer es propio de un modo de trabajo primario del aparato anímico, desde el comienzo mismo inutilizable, y aun peligroso en alto grado, para la autopreservación del organismo en medio de las dificultades del mundo exterior. Bajo el influjo de las pulsiones de autoconservación del yo, es relevado por el principio de realidad , que, sin resignar el propósito de una ganancia final de placer, exige y consigue posponer la satisfacción, renunciar a diversas posibilidades de lograrla y tolerar provisionalmente el displacer en el largo rodeo hacia el placer. Ahora bien, el principio de placer sigue siendo todavía por largo tiempo el modo de trabajo de las pulsiones sexuales, difíciles de «educar»; y sucede una y otra vez que, sea desde estas últimas, sea en el interior del mismo yo, prevalece sobre el principio de realidad en detrimento del organismo en su conjunto.

Es indudable, no obstante, que el relevo del principio de placer por el principio de realidad puede ser responsabilizado sólo de una pequeña parte, y no la más intensa, de las experiencias de displacer. Otra fuente del desprendimiento de displacer, no menos sujeta a ley, surge de los conflictos y escisiones producidos en el aparato anímico mientras el yo recorre su desarrollo hacia organizaciones de superior complejidad. Casi toda la energía que llena al aparato proviene de las mociones pulsionales congénitas, pero no se las admite a todas en una misma fase del desarrollo. En el curso de este, acontece repetidamente que ciertas pulsiones o partes de pulsiones se muestran, por sus metas o sus requerimientos, inconciliables con las restantes que pueden conjugarse en la unidad abarcadora del yo. Son segregadas entonces de esa unidad por el proceso de la represión; se las retiene en estadios inferiores del desarrollo psíquico y se les corta, en un comienzo, la posibilidad de alcanzar satisfacción. Y si luego consiguen (como tan fácilmente sucede en el caso de las pulsiones sexuales reprimidas) procurarse por ciertos rodeos una satisfacción directa o sustitutiva, este éxito, que normalmente habría sido una posibilidad de placer, es sentido por el yo como displacer. A consecuencia del viejo conflicto que desembocó en la represión, el principio de placer experimenta otra ruptura justo en el momento en que ciertas pulsiones laboraban por ganar un placer nuevo en obediencia a ese principio. Los detalles del proceso por el cual la represión trasforma una posibilidad de placer en una fuente de displacer no son todavía bien inteligibles o no pueden exponerse con claridad, pero seguramente todo displacer neurótico es de esa índole, un placer que no puede ser sentido como tal.

Las dos fuentes del displacer que hemos indicado están muy lejos de abarcar la mayoría de nuestras vivencias de displacer; pero de las restantes puede afirmarse, con visos de justificación, que su existencia no contradice al imperio del principio de placer. En su mayor parte, el displacer que sentimos es un displacer de percepción. Puede tratarse de la percepción del esfuerzo de pulsiones insatisfechas, o de una percepción exterior penosa en sí misma o que excite expectativas displacenteras en el aparato anímico, por discernirla este como «peligro». La reacción frente a esas exigencias pulsionales y amenazas de peligro, reacción en que se exterioriza la genuina actividad del aparato anímico, puede ser conducida luego de manera correcta por el principio de placer o por el de realidad, que lo modifica. No parece entonces necesario admitir una restricción considerable del principio de placer; empero, justamente la indagación de la reacción anímica frente al peligro exterior puede brindar un nuevo material y nuevos planteos con relación al problema que nos ocupa.

II

Ya es de antigua data la descripción de un estado que sobreviene tras conmociones mecánicas, choques ferroviarios y otros accidentes que aparejaron riesgo de muerte, por lo cual le ha quedado el nombre de «neurosis traumática». La horrorosa guerra que acaba de terminar la provocó en gran número, y al menos puso fin al intento de atribuirla a un deterioro orgánico del sistema nervioso por acción de una violencia mecánica. El cuadro de la neurosis traumática se aproxima al de la histeria por presentar en abundancia síntomas motores similares; pero lo sobrepasa, por lo regular, en sus muy acusados indicios de padecimiento subjetivo -que la asemejan a una hipocondría o una melancolía-, así como en la evidencia de un debilitamiento y una destrucción generales mucho más vastos de las operaciones anímicas. Hasta ahora no se ha alcanzado un conocimiento pleno de las neurosis de guerra ni de las neurosis traumáticas de tiempos de paz. En el caso de las primeras, resultó por un lado esclarecedor, aunque por el otro volvió a confundir las cosas, el hecho de que el mismo cuadro patológico sobrevenía en ocasiones sin la cooperación de una violencia mecánica cruda; en la neurosis traumática común se destacan dos rasgos que podrían tomarse como punto de partida de la reflexión: que el centro de gravedad de la causación parece situarse en el factor de la sorpresa, en el terror, y que un simultáneo daño físico o herida contrarresta en la mayoría de los casos la producción de la neurosis. Terror, miedo, angustia, se usan equivocadamente como expresiones sinónimas; se las puede distinguir muy bien en su relación con el peligro. La angustia designa cierto estado como de expectativa frente al peligro y preparación para él, aunque se trate de un peligro desconocido; el miedo requiere un objeto determinado, en presencia del cual uno lo siente; en cambio, se llama terror al estado en que se cae cuando se corre un peligro sin estar preparado: destaca el factor de la sorpresa. No creo que la angustia pueda producir una neurosis traumática; en la angustia hay algo que protege contra el terror y por tanto también contra la neurosis de terror. Más adelante volveremos sobre esta tesis.

Nos es lícito considerar el estudio del sueño como la vía más confiable para explorar los procesos anímicos profundos. Ahora bien, la vida onírica de la neurosis traumática muestra este carácter: reconduce al enfermo, una y otra vez, a la situación de su accidente, de la cual despierta con renovado terror. Esto no provoca el suficiente asombro: se cree que si la vivencia traumática lo asedia de continuo mientras duerme, ello prueba la fuerza de la impresión que le provocó. El enfermo -se sostiene- está, por así decir, fijado psíquicamente al trauma. Tales fijaciones a la vivencia que desencadenó la enfermedad nos son conocidas desde hace tiempo en la histeria. Breuer y Freud manifestaron en 1893 que «el histérico padece por la mayor parte de reminiscencias». También respecto de las neurosis de guerra, observadores como Ferenczi y Simmel explicaron muchos síntomas motores por una fijación al momento del trauma.

Sin embargo, no he sabido que los enfermos de neurosis traumática frecuenten mucho en su vida de vigilia el recuerdo de su accidente. Quizá se esfuercen más bien por no pensar en él. Cuando se admite como cosa obvia que el sueño nocturno los traslada de nuevo a la situación patógena, se desconoce la naturaleza del sueño. Más propio de este sería presentar al enfermo imágenes del tiempo en que estaba sano, o de su esperada curación. Suponiendo que los sueños de estos neuróticos traumáticos no nos disuadan de afirmar que la tendencia del sueño es el cumplimiento de un deseo, tal vez nos quede el expediente de sostener que en este estado la función del sueño, como tantas otras cosas, resultó afectada y desviada de sus propósitos; o bien tendríamos que pensar en las enigmáticas tendencias masoquistas del yo.

Ahora propongo abandonar el oscuro y árido tema de la neurosis traumática y estudiar el modo de trabajo del aparato anímico en una de sus prácticas normales más tempranas. Me refiero al juego infantil.

Hace poco, S. Pfeifer (1919) ha ofrecido un resumen y una apreciación psicoanalítica de las diversas teorías sobre el juego infantil; puedo remitirme aquí a su trabajo. Estas teorías se esfuerzan por colegir los motivos que llevan al niño a jugar, pero no lo hacen dando precedencia al punto de vista económico, vale decir, considerando la ganancia de placer. Por mí parte, y sin pretender abarcar la totalidad de estos fenómenos, he aprovechado una oportunidad que se me brindó para esclarecer el primer juego, autocreado, de un varoncito de un año y medio. Fue más que una observación hecha de pasada, pues conviví durante algunas semanas con el niño y sus padres bajo el mismo techo, y pasó bastante tiempo hasta que esa acción enigmática y repetida de continuo me revelase su sentido.

El desarrollo intelectual del niño en modo alguno era precoz; al año y medio, pronunciaba apenas unas pocas palabras inteligibles y disponía, además, de varios sonidos significativos, comprendidos por quienes lo rodeaban. Pero tenía una buena relación con sus padres y con la única muchacha de servicio, y le elogiaban su carácter «juicioso». No molestaba a sus padres durante la noche, obedecía escrupulosamente las prohibiciones de tocar determinados objetos y de ir a ciertos lugares, y, sobre todo, no lloraba cuando su madre lo abandonaba durante horas; esto último a pesar de que sentía gran ternura por ella, quien no sólo lo había amamantado por sí misma, sino que lo había cuidado y criado sin ayuda ajena. Ahora bien, este buen niño exhibía el hábito, molesto en ocasiones, de arrojar lejos de sí, a un rincón o debajo de una cama, etc., todos los pequeños objetos que hallaba a su alcance, de modo que no solía ser tarea fácil juntar sus juguetes. Y al hacerlo profería, con expresión de interés y satisfacción, un fuerte y prolongado «o-o-ci-o», que, según el juicio coincidente de la madre y de este observador, no era una interjección, sino que significaba «fort» {se fue}. Al fin caí en la cuenta de que se trataba de un juego y que el niño no hacía otro uso de sus juguetes que el de jugar a que «se iban». Un día hice la observación que corroboró mi punto de vista. El niño tenía un carretel de madera atado con un piolín. No se le ocurrió, por ejemplo, arrastrarlo tras sí por el piso para jugar al carrito, sino que con gran destreza arrojaba el carretel, al que sostenía por el piolín, tras la baranda de su cunita con mosquitero; el carretel desaparecía ahí dentro, el niño pronunciaba su significativo «o-o-o-o», y después, tirando del piolín, volvía a sacar el carretel de la cuna, saludando ahora su aparición con un amistoso «Da» (acá está}. Ese era, pues, el juego completo, el de desaparecer y volver. Las más de las veces sólo se había podido ver el primer acto, repetido por sí solo incansablemente en calidad de juego, aunque el mayor placer, sin ninguna duda, correspondía al segundo.

La interpretación del juego resultó entonces obvia. Se entramaba con el gran logro cultural del niño: su renuncia pulsional (renuncia a la satisfacción pulsional) de admitir sin protestas la partida de la madre. Se resarcía, digamos, escenificando por sí mismo, con los objetos a su alcance, ese desaparecer y regresar. Para la valoración afectiva de este juego no tiene importancia, desde luego, que el niño mismo lo inventara o se lo apropiara a raíz de una incitación Externa. Nuestro interés se dirigirá a otro punto. Es imposible que la partida de la madre le resultara agradable, o aun indiferente. Entonces, ¿cómo se concilia con el principio de placer que repitiese en calidad de juego esta vivencia penosa para él? Acaso se responderá que jugaba a la partida porque era la condición previa de la gozosa reaparición, la cual contendría el genuino propósito del juego. Pero lo contradice la observación de que el primer acto, el de la partida, era escenificado por sí solo y, en verdad, con frecuencia incomparablemente mayor que el juego íntegro llevado hasta su final placentero.

El análisis de un único caso de esta índole no permite zanjar con certeza la cuestión. Si lo consideramos sin prevenciones, recibimos la impresión de que el niño convirtió en juego esa vivencia a raíz de otro motivo. En la vivencia era pasivo, era afectado por ella; ahora se ponía en un papel activo repitiéndola como juego, a pesar de que fue displacentera. Podría atribuirse este afán a una pulsión de apoderamiento que actuara con independencia de que el recuerdo en sí mismo fuese placentero o no. Pero también cabe ensayar otra interpretación. El acto de arrojar el objeto para que «se vaya» acaso era la satisfacción de un impulso, sofocado por el niño en su conducta, a vengarse de la madre por su partida; así vendría a tener este arrogante significado: «Y bien, vete pues; no te necesito, yo mismo te echo». Este mismo niño cuyo primer juego observé teniendo él un año y medio solía un año después arrojar al suelo un juguete con el que se había irritado, diciéndole: «¡Vete a la guerra!». Le habían contado por entonces que su padre ausente se encontraba en la guerra; y por cierto no lo echaba de menos, sino que daba los más claros indicios de no querer ser molestado en su posesión exclusiva de la madre. También de otros niños sabemos que son capaces de expresar similares mociones hostiles botando objetos en lugar de personas. Así se nos plantea esta duda: ¿Puede el esfuerzo {Drang} de procesar psíquicamente algo impresionante, de apoderarse enteramente de eso, exteriorizarse de manera primaria e independiente del principio de placer? Comoquiera que sea, sí en el caso examinado ese esfuerzo repitió en el juego una impresión desagradable, ello se debió únicamente a que la repetición iba conectada a una ganancia de placer de otra índole, pero directa.

Ahora bien, el estudio del juego infantil, por más que lo profundicemos, no remediará esta fluctuación nuestra entre dos concepciones. Se advierte que los niños repiten en el juego todo cuanto les ha hecho gran impresión en la vida; de ese modo abreaccionan la intensidad de la impresión y se adueñan, por así decir, de la situación. Pero, por otro lado, es bastante claro que todos sus juegos están presididos por el deseo dominante en la etapa en que ellos se encuentran: el de ser grandes y poder obrar como los mayores. También se observa que el carácter displacentero de la vivencia no siempre la vuelve inutilizable para el juego. Si el doctor examina la garganta del niño o lo somete a una pequeña operación, con toda certeza esta vivencia espantable pasará a ser el contenido del próximo juego. Pero la ganancia de placer que proviene de otra fuente es palmaria aquí. En cuanto el niño trueca la pasividad del vivenciar por la actividad del jugar, inflige a un compañero de juegos lo desagradable que a él mismo le ocurrió y así se venga en la persona de este sosias.

Sea como fuere, de estas elucidaciones resulta que les superfluo suponer una pulsión particular de imitación como motivo del jugar. Unas reflexiones para terminar: el juego y la imitación artísticos practicados por los adultos, que a diferencia de la conducta del niño apuntan a la persona del espectador, no ahorran a este último las impresiones más dolorosas (en la tragedia, por ejemplo), no obstante lo cual puede sentirlas como un elevado goce . Así nos convencemos de que aun bajo el imperio del principio de placer existen suficientes medios y vías para convertir en objeto de recuerdo y elaboración anímica lo que en sí mismo es displacentero. Una estética de inspiración económica debería ocuparse de estos casos y situaciones que desembocan en una ganancia final de placer; pero no nos sirven de nada para nuestro propósito, pues presuponen la existencia y el imperio del principio de placer y no atestiguan la acción de tendencias situadas más allá de este, vale decir, tendencias que serían más originarias que el principio de placer e independientes de él.

III

Veinticinco años de trabajo intenso han hecho que las metas inmediatas de la técnica psicoanalítica sean hoy por entero diversas que al empezar. En aquella época, el médico dedicado al análisis no podía tener otra aspiración que la de colegir, reconstruir y comunicar en el momento oportuno lo inconsciente oculto para el enfermo. El psicoanálisis era sobre todo un arte de interpretación. Pero como así no se solucionaba la tarea terapéutica, enseguida se planteó otro propósito inmediato: instar al enfermo a corroborar la construcción mediante su propio recuerdo. A raíz de este empeño, el centro de gravedad recayó en las resistencias de aquel; el arte consistía ahora en descubrirlas a la brevedad, en mostrárselas Y. por medio de la influencia humana (este era el lugar de la sugestión, que actuaba como «transferencia»), moverlo a que las resignase.

Después, empero, se hizo cada vez más claro que la meta propuesta, el devenir-conciente de lo inconsciente, tampoco podía alcanzarse plenamente por este camino. El enfermo puede no recordar todo lo que hay en él de reprimido, acaso justamente lo esencial. Si tal sucede, no adquiere convencimiento ninguno sobre la justeza de la construcción que se le comunicó. Más bien se ve forzado a repetir lo reprimido como vivencia presente, en vez de recordarlo, como el médico preferiría, en calidad de fragmento del pasado. Esta reproducción, que emerge con fidelidad no deseada, tiene siempre por contenido un fragmento de la vida sexual infantil y, por tanto, del complejo de Edipo y sus ramificaciones; y regularmente se juega {se escenifica} en el terreno de la transferencia, esto es, de la relación con el médico. Cuando en el tratamiento las cosas se han llevado hasta este punto, puede decirse que la anterior neurosis ha sido sustituida por una nueva, una neurosis de transferencia. El médico se ha empeñado por restringir en todo lo posible el campo de esta neurosis de transferencia, por esforzar el máximo recuerdo y admitir la mínima repetición. La proporción que se establece entre recuerdo y reproducción es diferente en cada caso. Por lo general, el médico no puede ahorrar al analizado esta fase de la cura; tiene que dejarle revivenciar cierto fragmento de su vida olvidada, cuidando que al par que lo hace conserve cierto grado de reflexión en virtud del cual esa realidad aparente pueda individualizarse cada vez como reflejo de un pasado olvidado. Con esto se habrá ganado el convencimiento del paciente y el éxito terapéutico que depende de aquel.

Para hallar más inteligible esta «compulsión de repetición» que se exterioriza en el curso del tratamiento psicoanalítico de los neuróticos, es preciso ante todo librarse de un error, a saber, que en la lucha contra las resistencias uno se enfrenta con la resistencia de lo «inconsciente». Lo inconsciente, vale decir, lo «reprimido», no ofrece resistencia alguna a los esfuerzos de la cura; y aun no aspira a otra cosa que a irrumpir hasta la conciencia -a despecho de la presión que lo oprime- o hasta la descarga -por medio de la acción real-. La resistencia en la cura proviene de los mismos estratos y sistemas superiores de la vida psíquica que en su momento llevaron a cabo la represión. Pero, dado que los motivos de las resistencias, y aun estas mismas, son al comienzo inconscientes en la cura (según nos lo enseña la experiencia), esto nos advierte que hemos de salvar un desacierto de nuestra terminología. Eliminamos esta oscuridad poniendo en oposición, no lo conciente y lo inconsciente, sino el yo coherente y lo reprimido. Es que sin duda también en el interior del yo es mucho lo inconsciente: justamente lo que puede llamarse el «núcleo del yo»; abarcamos sólo una pequeña parte de eso con el nombre de preconciente. Tras sustituir así tina terminología meramente descriptiva por una sistemática o dinámica, podemos decir que la resistencia del analizado parte de su yo; hecho esto, enseguida advertimos que hemos de adscribir la compulsión de repetición a lo reprimido inconsciente. Es probable que no pueda exteriorizarse antes que el trabajo solicitante de la cura haya aflojado la represión.

No hay duda de que la resistencia del yo conciente y preconciente está al servicio del principio de placer. En efecto: quiere ahorrar el displacer que se excitaría por la liberación de lo reprimido, en tanto nosotros nos empeñamos en conseguir que ese displacer se tolere invocando el principio de realidad. Ahora bien, ¿qué relación guarda con el principio de placer la compulsión de repetición, la exteriorización forzosa de lo reprimido? Es claro que, las más de las veces, lo que la compulsión de repetición hace revivenciar no puede menos que provocar displacer al yo, puesto que saca a luz operaciones de mociones pulsionales reprimidas. Empero, ya hemos considerado esta clase de displacer: no contradice al principio de placer, es displacer para un sistema y, al mismo tiempo, satisfacción para el otro. Pero el hecho nuevo y asombroso que ahora debemos describir es que la compulsión de repetición devuelve también vivencias pasadas que no contienen posibilidad alguna de placer, que tampoco en aquel momento pudieron ser satisfacciones, ni siquiera de las mociones pulsionales reprimidas desde entonces.

El florecimiento temprano de la vida sexual infantil estaba destinado a sepultarse {Untergang} porque sus deseos eran inconciliables con la realidad y por la insuficiencia de la etapa evolutiva en que se encontraba el niño. Ese florecimiento se fue a pique {zugrunde gehen} a raíz de las más penosas ocasiones y en medio de sensaciones hondamente dolorosas. La pérdida de amor y el fracaso dejaron como secuela un daño permanente del sentimiento de sí, en calidad de cicatriz narcisista, que, tanto según mis experiencias como según las puntualizaciones de Marcinowski (1918), es el más poderoso aporte al frecuente «sentimiento de inferioridad» de los neuróticos. La investigación sexual, que chocó con la barrera del desarrollo corporal del niño, no obtuvo conclusión satisfactoria; de ahí la queja posterior: «No puedo lograr nada; nada me sale bien». El vínculo tierno establecido casi siempre con el progenitor del otro sexo sucumbió al desengaño, a la vana espera de una satisfacción, a los celos que provocó el nacimiento de un hermanito, prueba indubitable de la infidelidad del amado o la amada; su propio intento, emprendido con seriedad trágica, de hacer él mismo un hijo así, fracasó vergonzosamente; el retiro de la ternura que se prodigaba al niñito, la exigencia creciente de la educación, palabras serias y un ocasional castigo habían terminado por revelarle todo el alcance del desaire que le reservaban. Así llega a su fin el amor típico de la infancia; su ocaso responde a unos pocos tipos, que aparecen con regularidad.

Ahora bien, los neuróticos repiten en la transferencia todas estas ocasiones indeseadas y estas situaciones afectivas dolorosas, reanimándolas con gran habilidad. Se afanan por interrumpir la cura incompleta, saben procurarse de nuevo la impresión del desaire, fuerzan al médico a dirigirles palabras duras y a conducirse fríamente con ellos, hallan los objetos apropiados para sus celos, sustituyen al hijo tan ansiado del tiempo primordial por el designio o la promesa de un gran regalo, casi siempre tan poco real como aquel. Nada de eso pudo procurar placer entonces; se creería que hoy produciría un displacer menor si emergiera como recuerdo o en sueños, en vez de configurarse como vivencia nueva. Se trata, desde luego, de la acción de pulsiones que estaban destinadas a conducir a la satisfacción; pero ya en aquel momento no la produjeron, sino que conllevaron únicamente displacer. Esa experiencia se hizo en vano. Se la repite a pesar de todo; una compulsión esfuerza a ello.

Eso mismo que el psicoanálisis revela en los fenómenos de transferencia de los neuróticos puede reencontrarse también en la vida de personas no neuróticas. En estas hace la impresión de un destino que las persiguiera, de un sesgo demoníaco en su vivenciar; y desde el comienzo el psicoanálisis juzgó que ese destino fatal era autoinducido y estaba determinado por influjos de la temprana infancia. La compulsión que así se exterioriza no es diferente de la compulsión de repetición de los neuróticos, a pesar de que tales personas nunca han presentado los signos de un conflicto neurótico tramitado mediante la formación de síntoma. Se conocen individuos en quienes toda relación humana lleva a idéntico desenlace: benefactores cuyos protegidos (por disímiles que sean en lo demás) se muestran ingratos pasado cierto tiempo, y entonces parecen destinados a apurar entera la amargura de la ingratitud; hombres en quienes toda amistad termina con la traición del amigo; otros que en su vida repiten incontables veces el acto de elevar a una persona a la condición de eminente autoridad para sí mismos o aun para el público, y tras el lapso señalado la destronan para sustituirla por una nueva; amantes cuya relación tierna con la mujer recorre siempre las mismas fases y desemboca en idéntico final, etc. Este «eterno retorno de lo igual» nos asombra poco cuando se trata de una conducta activa de tales personas y podemos descubrir el rasgo de carácter que permanece igual en ellas, exteriorizándose forzosamente en la repetición de idénticas vivencias. Nos sorprenden mucho más los casos en que la persona parece vivenciar pasivamente algo sustraído a su poder, a despecho de lo cual vivencia una y otra vez la repetición del mismo destino. Piénsese, por ejemplo, en la historia de aquella mujer que se casó tres veces sucesivas, y las tres el marido enfermó y ella debió cuidarlo en su lecho de muerte. La figuración poética más tocante de un destino fatal como este la ofreció Tasso en su epopeya romántica, la Jerusalén liberada. El héroe, Tancredo, dio muerte sin saberlo a su amada Clorinda cuando ella lo desafió revestida con la armadura de un caballero enemigo. Ya sepultada, Tancredo se interna en un ominoso bosque encantado, que aterroriza al ejército de los cruzados. Ahí hiende un alto árbol con su espada, pero de la herida del árbol mana sangre, y la voz de Clorinda, cuya alma estaba aprisionada en él, le reprocha que haya vuelto a herir a la amada.

En vista de estas observaciones relativas a la conducta durante la transferencia y al destino fatal de los seres humanos, osaremos suponer que en la vida anímica existe realmente una compulsión de repetición que se instaura más allá del principio de placer. Y ahora nos inclinaremos a referir a ella los sueños de los enfermos de neurosis traumática y la impulsión al juego en el niño.

Debemos admitir, es cierto, que sólo en raros casos podemos aprehender puros, sin la injerencia de otros motivos, los efectos de la compulsión de repetición. Respecto del juego infantil, ya pusimos de relieve las otras interpretaciones que admite su génesis: compulsión de repetición y satisfacción pulsional placentera directa parecen entrelazarse en íntima comunidad. En cuanto a los fenómenos de la transferencia, es evidente que están al servicio de la resistencia del yo, obstinado en la represión; se diría que la compulsión de repetición, que la cura pretendía poner a su servicio, es ganada para el bando del yo, que quiere aferrarse al principio de placer. Y con respecto a lo que podría llamarse la compulsión de destino, nos parece en gran parte explicable por la ponderación ajustada a la ratio {rationelle Erwügung}, de suerte que no se siente la necesidad de postular un nuevo y misterioso motivo. El caso menos dubitable es quizás el de los sueños traumáticos; pero tras una reflexión más detenida es preciso confesar que tampoco en los otros ejemplos los motivos que nos resultan familiares abarcan íntegramente la constelación de los hechos.

Lo que resta es bastante para justificar la hipótesis de la compulsión de repetición, y esta nos aparece como más originaria, más elemental, más pulsional que el principio de placer que ella destrona. Ahora bien, si en lo anímico existe una tal compulsión de repetición, nos gustaría saber algo sobre la función que le corresponde, las condiciones bajo las cuales puede aflorar y la relación que guarda con el principio de placer, al que hasta hoy, en verdad, habíamos atribuido el imperio sobre el decurso de los procesos de excitación en la vida anímica.

IV

Lo que sigue es especulación, a menudo de largo vuelo, que cada cual estimará o desdeñará de acuerdo con su posición subjetiva. Es, además, un intento de explotar consecuentemente una idea, por curiosidad de saber adónde lleva.

La especulación psicoanalítica arranca de la impresión, recibida a raíz de la indagación de procesos inconscientes, de que la conciencia no puede ser el carácter más universal de los procesos anímicos, sino sólo una función particular de ellos. En terminología metapsicológica sostiene que la conciencia es la operación de un, sistema particular, al que llama Cc. Puesto que la conciencia brinda en lo esencial percepciones de excitaciones que vienen del mundo exterior, y sensaciones de placer y displacer que sólo pueden originarse en el interior del aparato anímico, es posible atribuir al sistema P-Cc una posición espacial. Tiene que encontrarse en la frontera entre lo exterior y lo interior, estar vuelto hacia el mundo exterior y envolver a los otros sistemas psíquicos. Así caemos en la cuenta de que con estas hipótesis no hemos ensayado algo nuevo, sino seguido las huellas de la anatomía cerebral localizadora que sitúa la «sede» de la conciencia en la corteza del cerebro, en el estrato más exterior, envolvente, del órgano central. La anatomía cerebral no necesita ocuparse de la razón por la cual -dicho en términos anatómicos- la conciencia está colocada justamente en la superficie del encéfalo, en vez de estar alojada en alguna otra parte, en lo más recóndito de él. Quizá nosotros, respecto de nuestro sistema P-Cc, podamos llegar más lejos en cuanto a deducir esa ubicación.

La conciencia no es la única propiedad que adscribimos a los procesos de ese sistema. No hacemos sino apoyarnos en las impresiones que nos brinda nuestra experiencia psicoanalítica si adoptamos la hipótesis de que todos los procesos excitatorios de los otros sistemas les dejan como secuela huellas permanentes que son la base de la memoria, vale decir, restos mnémicos que nada tienen que ver con el devenir-conciente. A menudo los más fuertes y duraderos son los dejados por un proceso que nunca llegó a la conciencia. Pues bien: nos resulta difícil creer que esas huellas permanentes de la excitación puedan producirse asimismo en el sistema P-Cc. Si permanecieran siempre concientes, muy pronto reducirían la aptitud de este sistema para la recepción de nuevas excitaciones; y si por el contrario devinieran inconscientes, nos enfrentarían con la tarea de explicar la existencia de procesos inconscientes en un sistema cuyo funcionamiento va acompañado en general por el fenómeno de la conciencia. Entonces no habríamos modificado ni ganado nada, por así decir, con esta hipótesis nuestra por la cual remitimos el devenir-conciente a un sistema particular. Aunque esta consideración carezca de fuerza lógica concluyente, puede movernos a conjeturar que para un mismo sistema son inconciliables el devenir-conciente y el dejar como secuela una huella mnémica. Así, podríamos decir que en el sistema Cc el proceso excitatorio deviene conciente, pero no le deja como secuela ninguna huella duradera; todas las huellas de ese proceso, huellas en que se apoya el recuerdo, se producirían a raíz de la propagación de la excitación a los sistemas internos contiguos, y en estos. En tal sentido apuntaba va el esquema que en 1900 introduje en el capítulo especulativo de La interpretación de los sueños. Si se considera cuán poco sabemos de otras fuentes acerca de la génesis de la conciencia, se atribuirá a la siguiente tesis, al menos, el valor de un aserto que exhibe cierta precisión: La conciencia surge en reemplazo de la huella mnémica.

El sistema Cc se singularizaría entonces por la particularidad de que en él, a diferencia de lo que ocurre en todos los otros sistemas psíquicos, el proceso de excitación no deja tras sí una alteración permanente de sus elementos, sino que se agota, por así decir, en el fenómeno de devenir-conciente. Semejante desviación de la regla general pide ser explicada por un factor que cuente con exclusividad para este solo sistema; y bien: ese factor que falta a todos los otros sistemas podría ser la ubicación del sistema Cc, que acabamos de exponer: su choque directo con el mundo exterior.

Representémonos al organismo vivo en su máxima simplificación posible, como una vesícula indiferenciada de sustancia estimulable; entonces su superficie vuelta hacia el mundo exterior está diferenciada por su ubicación misma y sirve como órgano receptor de estímulos. Y en efecto la embriología, en cuanto repetición {recapitulación} de la historia evolutiva, nos muestra que el sistema nervioso central proviene del ectodermo; comoquiera que fuese, la materia gris de la corteza es un retoño de la primitiva superficie y podría haber recibido por herencia propiedades esenciales de esta. Así, sería fácilmente concebible que, por el incesante embate de los estímulos externos sobre la superficie de la vesícula, la sustancia de esta se alterase hasta una cierta profundidad, de suerte que su proceso excitatorio discurriese de manera diversa que en estratos más profundos. De ese modo se habría formado una corteza, tan cribada al final del proceso por la acción de los estímulos, que ofrece las condiciones más favorables a la recepción de estos y ya no es susceptible de ulterior modificación. Trasferido al sistema Cc, esto significaría que el paso de la excitación ya no puede imprimir ninguna alteración permanente a sus elementos. Ellos están modificados al máximo en el sentido de este efecto, quedando entonces habilitados para generar la conciencia. ¿En qué consistió esa modificación de la sustancia y del proceso excitatorio que discurre dentro de ella? Sólo podemos formarnos diversas representaciones, inverificables por ahora todas ellas. Un supuesto posible sería que en su avance de un elemento al otro la excitación tiene que vencer una resistencia, y justamente la reducción de esta crea la huella permanente de la excitación (facilitación); podría pensarse entonces que en el sistema Cc ya no subsiste ninguna resistencia de pasaje de esa índole entre un elemento y otro. Podríamos conjugar esta imagen con el distingo de Breuer entre energía de investidura quiescente (ligada) y libremente móvil en los elementos de los sistemas psíquicos; los elementos del sistema Cc no conducirían entonces ninguna energía ligada, sino sólo una energía susceptible de libre descarga. Pero opino que provisionalmente es mejor pronunciarse de la manera más vaga posible sobre estas constelaciones. En definitiva, mediante esta especulación habríamos entrelazado de algún modo la génesis de la conciencia con la ubicación del sistema Cc y con las particularidades atribuibles al proceso excitatorio de este.

Nos resta todavía dilucidar algo en esta vesícula viva con su estrato cortical receptor de estímulos. Esta partícula de sustancia viva flota en medio de un mundo exterior cargado {laden} con las energías más potentes, y sería aniquilada por la acción de los estímulos que parten de él si no estuviera provista de una protección antiestímulo. La obtiene del siguiente modo: su superficie más externa deja de tener la estructura propia de la materia viva, se vuelve inorgánica, por así decir, y en lo sucesivo opera apartando los estímulos, como un envoltorio especial o membrana; vale decir, hace que ahora las energías del mundo exterior puedan propagarse sólo con una fracción de su intensidad a los estratos contiguos, que permanecieron vivos. Y estos, escudados tras la protección antiestímulo, pueden dedicarse a recibir los volúmenes de estímulo filtrados. Ahora bien, el estrato externo, al morir, preservó a todos los otros, más profundos, de sufrir igual destino, al menos hasta el momento en que sobrevengan estímulos tan fuertes que perforen la protección antiestímulo. Para el organismo vivo, la tarea de protegerse contra los estímulos es casi más importante que la de recibirlos; está dotado de una reserva energética propia, y en su interior se despliegan formas particulares de trasformación de la energía: su principal afán tiene que ser, pues, preservarlas del influjo nivelador, y por tanto destructivo, de las energías hipergrandes que laboran fuera. La recepción de estímulos sirve sobre todo al propósito de averiguar la orientación y la índole de los estímulos exteriores, y para ello debe bastar con tomar pequeñas muestras del mundo externo, probarlo en cantidades pequeñas. En el caso de los organismos superiores, hace ya tiempo que el estrato cortical receptor de estímulos de la antigua vesícula se internó en lo profundo del cuerpo, pero partes de él se dejaron atrás, en la superficie, inmediatamente debajo de la protección general antiestímulo. Nos referimos a los órganos sensoriales, que en lo esencial contienen dispositivos destinados a recibir acciones estimuladoras específicas, pero, además, particulares mecanismos preventivos para la ulterior protección contra volúmenes hipergrandes de estímulos y el apartamiento de variedades inadecuadas de estos. Es característico de tales órganos el procesar sólo cantidades muy pequeñas del estímulo externo: toman sólo pizquitas del mundo exterior; quizá se los podría comparar con unas antenas que tantearan el mundo exterior y se retiraran de él cada vez.

En este punto me permito rozar de pasada un tema merecedor del más profundo tratamiento. La tesis de Kant según la cual tiempo y espacio son formas necesarias de nuestro pensar puede hoy someterse a revisión a la luz de ciertos conocimientos psicoanalíticos. Tenemos averiguado que los procesos anímicos inconscientes son en sí «atemporales». Esto significa, en primer término, que no se ordenaron temporalmente, que el tiempo no altera nada en ellos, que no puede aportárseles la representación del tiempo. He ahí unos caracteres negativos que sólo podemos concebir por comparación con los procesos anímicos concientes. Nuestra representación abstracta del tiempo parece más bien estar enteramente tomada del modo de trabajo del sistema P-Cc, y corresponder a una autopercepción de este. Acaso este modo de funcionamiento del sistema equivale a la adopción de otro camino para la protección contra los estímulos. Sé que estas aseveraciones suenan muy oscuras, pero no puedo hacer más que limitarme a indicaciones de esta clase.

Hemos puntualizado aquí que la vesícula viva está dotada de una protección antiestímulo frente al mundo exterior. Y habíamos establecido que el estrato cortical contiguo a ella tiene que estar diferenciado como órgano para la recepción de estímulos externos. Ahora bien, este estrato cortical sensitivo, que más tarde será el sistema Cc, recibe también excitaciones desde adentro; la posición del sistema entre el exterior y el interior, así como la diversidad de las condiciones bajo las cuales puede ser influido desde un lado y desde el otro, se vuelven decisivas para su operación y la del aparato anímico como un todo. Hacia afuera hay una protección antiestímulo, y las magnitudes de excitación accionarán sólo en escala reducida; hacia adentro, aquella es imposible , y las excitaciones de los estratos más profundos se propagan hasta el sistema de manera directa y en medida no reducida, al par que ciertos caracteres de su decurso producen la serie de las sensaciones de placer y displacer. Es cierto que las excitaciones provenientes del interior serán, por su intensidad y por otros caracteres cualitativos (eventualmente, por su amplitud), más adecuadas al modo de trabajo del sistema que los estímulos que afluyen desde el mundo exterior. Pero esta constelación determina netamente dos cosas: la primera, la prevalencia de las sensaciones de placer y displacer (indicio de procesos que ocurren en el interior del aparato) sobre todos los estímulos externos; la segunda, cierta orientación de la conducta respecto de las excitaciones internas que produzcan una multiplicación de displacer demasiado grande. En efecto, se tenderá a tratarlas como si no obrasen desde adentro, sino desde afuera, a fin de poder aplicarles el medio defensivo de la protección antiestímulo. Este es el origen de la proyección, a la que le está reservado un papel tan importante en la causación de procesos patológicos.

Tengo la impresión de que estas últimas reflexiones nos han llevado a comprender mejor el imperio del principio de placer; pero todavía no hemos logrado aclarar los casos que lo contrarían. Demos entonces un paso más. Llamemos traumáticas a las excitaciones externas que poseen fuerza suficiente para perforar la protección antiestímulo. Creo que el concepto de trauma pide esa referencia a un apartamiento de los estímulos que de ordinario resulta eficaz. Un suceso como el trauma externo provocará, sin ninguna duda, una perturbación enorme en la economía {Betrieb} energética del organismo y pondrá en acción todos los medios de defensa. Pero en un primer momento el principio de placer quedará abolido. Ya no podrá impedirse que el aparato anímico resulte anegado por grandes volúmenes de estímulo; entonces, la tarea planteada es más bien esta otra: dominar el estímulo, ligar psíquicamente los volúmenes de estímulo que penetraron violentamente a fin de conducirlos, después, a su tramitación.

Es probable que el displacer específico del dolor corporal se deba a que la protección antiestímulo fue perforada en un área circunscrita. Y entonces, desde este lugar de la periferia afluyen al aparato anímico central excitaciones continuas, como las que por lo regular sólo podrían venirle del interior del aparato. ¿Y qué clase de reacción de la vida anímica esperaríamos frente a esa intrusión? De todas partes es movilizada la energía de investidura a fin de crear, en el entorno del punto de intrusión, una investidura energética de nivel correspondiente. Se produce una enorme «contrainvestidura» en favor de la cual se empobrecen todos los otros sistemas psíquicos, de suerte que el resultado es una extensa parálisis o rebajamiento de cualquier otra operación psíquica. Con estos ejemplos, tratamos de aprender a apuntalar nuestras conjeturas metapsicológicas en tales modelos {Vorbild}. De esta constelación inferimos que un sistema de elevada investidura en sí mismo es capaz de recibir nuevos aportes de energía fluyente y trasmudarlos en investidura quiescente, vale decir, «ligarlos» psíquicamente. Cuanto más alta sea su energía quiescente propia, tanto mayor será también su fuerza ligadora; y a la inversa: cuanto más baja su investidura, tanto menos capacitado estará el sistema para recibir energía afluyente y más violentas serán las consecuencias de una perforación de la protección antiestímulo como la considerada. Sería erróneo objetar a esta concepción que el aumento de la investidura en torno del punto de intrusión se explicaría de manera mucho más simple por el trasporte directo de los volúmenes de excitación ingresados, Sí así fuera, el aparato anímico experimentaría sólo un aumento de sus investiduras energéticas, y quedaría sin esclarecer el carácter paralizante del dolor, el empobrecimiento de todos los otros sistemas. Tampoco contradicen nuestra explicación los muy violentos efectos de descarga producidos por el dolor; en efecto, se cumplen por vía de reflejo, vale decir, sin la mediación del aparato anímico. El carácter impreciso de todas estas elucidaciones nuestras, que llamamos metapsicológicas, se debe, por supuesto, a que no sabemos nada sobre la naturaleza del proceso excitatorio en los elementos del sistema psíquico, ni nos sentimos autorizados a adoptar una hipótesis respecto de ella. Así, operamos de continuo con una gran X que trasportamos a cada nueva fórmula. Admitimos con facilidad que este proceso se cumple con energías que presentan diferencias cuantitativas, y quizá nos parezca probable que posea también más de una cualidad (p. ej., de la índole de una amplitud); y como elemento nuevo hemos considerado la concepción de Breuer según la cual están en juego dos diversas formas de llenado energético {Energieerfüllung} [cf. AE, 18, pág. 26], de tal suerte que sería preciso distinguir una investidura en libre fluir, que esfuerza en pos de su descarga , y una investidura quiescente de los sistemas psíquicos (o de sus elementos). Y quizás admitamos la conjetura de que la «ligazón» de la energía que afluye al aparato anímico consiste en un trasporte desde el estado de libre fluir hasta el estado quiescente.

Creo que podemos atrevernos a concebir la neurosis traumática común como el resultado de una vasta ruptura de la protección antiestímulo. Así volvería por sus fueros la vieja e ingenua doctrina del choque {shock}, opuesta, en apariencia, a una más tardía y de mayor refinamiento psicológico, que no atribuye valor etiológico a la acción de la violencia mecánica, sino al terror y al peligro de muerte. Sólo que estos opuestos no son irreconciliables, ni la concepción psicoanalítica de la neurosis traumática es idéntica a la forma más burda de la teoría del choque. Mientras que esta sitúa la esencia del choque en el deterioro directo de la estructura molecular o aun histológica de los elementos nerviosos, nosotros buscamos comprender su efecto por la ruptura de la protección antiestímulo del órgano anímico y las tareas que ello plantea. Pero también el terror conserva para nosotros su valor. Tiene por condición la falta del apronte angustiado [cf. AE, 18, pág. 13, n. 3]; este último conlleva la sobreinvestidura de los sistemas que reciben primero el estímulo. A raíz de esta investidura más baja, pues, los sistemas no están en buena situación para ligar los volúmenes de excitación sobrevinientes, y por eso las consecuencias de la ruptura de la protección antiestímulo se producen tanto más fácilmente. Descubrimos, así, que el apronte angustiado, con su sobre-investidura de los sistemas recipientes, constituye la última trinchera de la protección antiestímulo. En toda una serie de traumas, el factor decisivo para el desenlace quizá sea la diferencia entre los sistemas no preparados y los preparados por sobreinvestidura; claro que a partir de una cierta intensidad del trauma, esa diferencia dejará de pesar. Si en la neurosis traumática los sueños reconducen tan regularmente al enfermo a la situación en que sufrió el accidente, es palmario que no están al servicio del cumplimiento de deseo, cuya producción alucinatoria devino la función de los sueños bajo el imperio del principio de placer. Pero tenemos derecho a suponer que por esa vía contribuyen a otra tarea que debe resolverse antes de que el principio de placer pueda iniciar su imperio. Estos sueños buscan recuperar el dominio {Bewältigtíng} sobre el estímulo por medio de un desarrollo de angustia cuya omisión causó la neurosis traumática. Nos proporcionan así una perspectiva sobre una función del aparato anímico que, sin contradecir al principio de placer, es empero independiente de él y parece más originaria que el propósito de ganar placer y evitar displacer.

Aquí, entonces, deberíamos admitir por primera vez una excepción a la tesis de que el sueño es cumplimiento de deseo, Los sueños de angustia no son tal excepción, como lo he mostrado repetidamente y en profundidad; tampoco los «sueños punitorios», puesto que no hacen sino remplazar el cumplimiento de deseo prohibido por el castigo pertinente, y por tanto son el cumplimiento de deseo de la conciencia de culpa que reacciona frente a la pulsión reprobada. Pero los mencionados sueños de los neuróticos traumáticos ya no pueden verse como cumplimiento de deseo; tampoco los sueños que se presentan en los psicoanálisis, y que nos devuelven el recuerdo de los traumas psíquicos de la infancia. Más bien obedecen a la compulsión de repetición, que en el análisis se apoya en el deseo (promovido ciertamente por la «sugestión») de convocar lo olvidado y reprimido. Así, no sería la función originaria del sueño eliminar, mediante el cumplimiento de deseo de las mociones perturbadoras, unos motivos capaces de interrumpir el dormir; sólo podría apropiarse de esa función después que el conjunto de la vida anímica aceptó el imperio del principio de placer. Si existe un «más allá del principio de placer», por obligada consecuencia habrá que admitir que hubo un tiempo anterior también a la tendencia del sueño al cumplimiento de deseo. Esto no contradice la función que adoptará más tarde. Pero, una vez admitida la excepción a esta tendencia, se plantea otra pregunta: ¿No son posibles aun fuera del análisis sueños de esta índole, que en interés de la ligazón psíquica de impresiones traumáticas. obedecen a la compulsión de repetición? Ha de responderse enteramente por la afirmativa.

En cuanto a las «neurosis de guerra» (en la medida en que esta designación denote algo más que la referencia a lo que ocasionó la enfermedad), he puntualizado en otro lugar que muy bien podría tratarse de neurosis traumáticas facilitadas por un conflicto en el yo. El hecho citado supra de que las posibilidades de contraer neurosis se reducen cuando el trauma es acompañado por una herida física deja de resultar incomprensible si se toman en cuenta dos constelaciones que la investigación psicoanalítica ha puesto de relieve. La primera, que la conmoción mecánica debe admitirse como una de las fuentes de la excitación sexual, y la segunda, que el estado patológico de fiebre y dolores ejerce, mientras dura, un poderoso influjo sobre la distribución de la libido. Entonces, la violencia mecánica del trauma liberaría el quantum de excitación sexual, cuya acción traumática es debida a la falta de apronte angustiado; y, por otra parte, la herida física simultánea ligaría el exceso de excitación al reclamar una sobreinvestidura narcisista del órgano doliente. También es cosa sabida (aunque no se la ha apreciado suficientemente en la teoría de la libido) que perturbaciones graves en la distribución libidinal, como las de una melancolía, son temporariamente canceladas por una enfermedad orgánica intercurrente; y más todavía: una dementia Praecox plenamente desarrollada es capaz, bajo esa misma condición, de una remisión provisional de su estado.

V

La falta de una protección antiestímulo que resguarde al estrato cortical receptor de estímulos de las excitaciones de adentro debe tener esta consecuencia: tales trasferencias de estímulo adquieren la mayor importancia económica y a menudo dan ocasión a perturbaciones económicas equiparables a las neurosis traumáticas. Las fuentes más proficuas de esa excitación interna son las llamadas «pulsiones» del organismo: los representantes {Repräsentant} de todas las fuerzas eficaces que provienen del interior del cuerpo y se trasfieren al aparato anímico; es este el elemento más importante y oscuro de la investigación psicológica.

Quizá no hallemos demasiado atrevido suponer que las mociones que parten de las pulsiones no obedecen al tipo del proceso nervioso ligado, sino al del proceso libremente móvil que esfuerza en pos de la descarga. Lo mejor que sabemos acerca de este último proviene del estudio del trabajo del sueño, el cual nos permitió descubrir que los procesos que se despliegan en los sistemas inconscientes son radicalmente diversos de los que ocurren en los sistemas (pre)concientes; que en el inconsciente las investiduras pueden trasferirse, desplazarse y condensarse de manera completa y fácil, lo cual, de acontecer con un material preconciente, sólo podría arrojar resultados incorrectos: es lo que engendra las conocidas peculiaridades del sueño manifiesto después que los restos diurnos preconcientes fueron elaborados de acuerdo con las leyes del inconsciente. He llamado «proceso psíquico primario» a la modalidad de estos procesos que ocurren en el inconsciente, a diferencia del proceso secundario, que rige nuestra vida normal de vigilia. Puesto que todas las mociones pulsionales afectan a los sistemas inconscientes, difícilmente sea una novedad decir que obedecen al proceso psíquico primario; y por otra parte, de ahí a identificar al proceso psíquico primario con la investidura libremente móvil, y al proceso secundario con las alteraciones de la investidura ligada o tónica de Breuer , no hay más que un pequeño paso. Entonces, la tarea de los estratos superiores del aparato anímico sería ligar la excitación de las pulsiones que entra en operación en el proceso primario. El fracaso de esta ligazón provocaría una perturbación análoga a la neurosis traumática; sólo tras una ligazón lograda podría establecerse el imperio irrestricto del principio de placer (y de su modificación en el principio de realidad). Pero, hasta ese momento, el aparato anímico tendría la tarea previa de dominar o ligar la excitación, desde luego que no en oposición al principio de placer, pero independientemente de él y en parte sin tomarlo en cuenta.

Las exteriorizaciones de una compulsión de repetición que hemos descrito en las tempranas actividades de la vida anímica infantil, así como en las vivencias de la cura psicoanalítica, muestran en alto grado un carácter pulsional y, donde se encuentran en oposición al principio de placer, demoníaco. En el caso del juego infantil creemos advertir que el niño repite la vivencia displacentera, además, porque mediante su actividad consigue un dominio sobre la impresión intensa mucho más radical que el que era posible en el vivenciar meramente pasivo. Cada nueva repetición parece perfeccionar ese dominio procurado; pero ni aun la repetición de vivencias placenteras será bastante para el niño, quien se mostrará inflexible exigiendo la identidad de la impresión. Este rasgo de carácter está destinado a desaparecer más tarde. Un chiste escuchado por segunda vez no hará casi efecto, una representación teatral no producirá jamás la segunda vez la impresión que dejó la primera; y aun será difícil mover a un adulto a releer enseguida un libro que le ha gustado mucho. En todos los casos la novedad será condición del goce. El niño, en cambio, no cejará en pedir al adulto la repetición de un juego que este le enseñó o practicó con él, hasta que el adulto, fatigado, se rehúse; y si se le ha contado una linda historia, siempre querrá escuchar esa misma en lugar de una nueva, se mostrará inflexible en cuanto a la identidad de la repetición y corregirá toda variante en que el relator haya podido incurrir y con la cual quizá pretendía granjearse un nuevo mérito. Nada de esto contradice al principio de placer; es palmario que la repetición, el reencuentro de la identidad, constituye por sí misma una fuente de placer.

En el analizado, en cambio, resulta claro que su compulsión a repetir en la transferencia los episodios del período infantil de su vida se sitúa, en todos los sentidos, más allá del principio de placer. El enfermo se comporta en esto de una manera completamente infantil, y así nos enseña que las huellas mnémicas reprimidas de sus vivencias del tiempo primordial no subsisten en su interior en el estado ligado, y aun, en cierta medida, son insusceptibles del proceso secundario. A esta condición de no ligadas deben también su capacidad de formar, adhiriéndose a los restos diurnos, una fantasía de deseo que halla figuración en el sueño. Muy a menudo esta misma compulsión de repetición es para nosotros un estorbo terapéutico cuando, al final de la cura, nos empeñamos en conseguir el desasimiento completo del enfermo [respecto de su médico]; y cabe suponer que la oscura angustia de los no familiarizados con el análisis, que temen despertar algo que en su opinión sería mejor dejar dormido, es en el fondo miedo a la emergencia de esta compulsión demoníaca.

Ahora bien, ¿de qué modo se entrama lo pulsional con la compulsión de repetición? Aquí no puede menos que imponérsenos la idea de que estamos sobre la pista de un carácter universal de las pulsiones (no reconocido con claridad hasta ahora, o al menos no destacado expresamente) y quizá de toda vida orgánica en general. Una pulsión sería entonces un esfuerzo, inherente a lo orgánico vivo, de reproducción de un estado anterior que lo vivo debió resignar bajo el influjo de fuerzas perturbadoras externas; sería una suerte de elasticidad orgánica o, si se quiere, la exteriorización de la inercia en la vida orgánica.

Esta manera de concebir la pulsión nos suena extraña; en efecto, nos hemos habituado a ver en la pulsión el factor que esfuerza en el sentido del cambio y del desarrollo, y ahora nos vemos obligados a reconocer en ella justamente lo contrario, la expresión de la naturaleza conservadora del ser vivo. Por otra parte, enseguida nos vienen a la mente aquellos fenómenos de la vida animal que parecen corroborar el condicionamiento histórico de las pulsiones. Ciertos peces emprenden en la época del desove fatigosas migraciones a fin de depositar las huevas en determinadas aguas, muy alejadas de su lugar de residencia habitual; muchos biólogos interpretan que no hacen sino buscar las moradas anteriores de su especie, que en el curso del tiempo habían trocado por otras. Lo mismo es aplicable -se cree- a los vuelos migratorios de las aves de paso. Ahora bien, una reflexión nos exime pronto de buscar nuevos ejemplos: en los fenómenos de la herencia y en los hechos de la embriología tenemos los máximos documentos de la compulsión de repetición en el mundo orgánico. Vemos que el germen de un animal vivo está obligado a repetir -si bien de modo fugaz y compendiado- las estructuras de todas las formas de que el animal desciende, en vez de alcanzar de golpe su conformación definitiva por el camino más corto; y como sólo en mínima parte podemos explicar ese comportamiento en términos mecánicos, no nos es lícito desechar la explicación histórica. De igual modo, está muy extendida en el reino animal una capacidad de reproducción en virtud de la cual un órgano perdido se sustituye por la neoformación de otro que se le asemeja enteramente.

No puede dejar de considerarse aquí, es verdad, una sugerente objeción basada en la idea de que junto a las pulsiones conservadoras, que compelen a la repetición, hay otras que esfuerzan en el sentido de la creación y del progreso; más adelante la incorporaremos a nuestras reflexiones . Pero antes no resistimos la tentación de seguir hasta sus últimas consecuencias la hipótesis de que todas las pulsiones quieren reproducir algo anterior. No importa si lo que de esto saliere tiene aire de «profundo» o suena a algo místico; por nuestra parte, nos sabemos bien libres del reproche de buscar semejante cosa. Nos afanamos por alcanzar los sobrios resultados de la investigación o de la reflexión basada' en ella, y no procuramos que tengan otro carácter que el de la certeza.

Pues bien; si todas las pulsiones orgánicas son conservadoras, adquiridas históricamente y dirigidas a la regresión, al restablecimiento de lo anterior, tendremos que anotar los éxitos del desarrollo orgánico en la cuenta de influjos externos, perturbadores y desviantes. Desde su comienzo mismo, el ser vivo elemental no habría querido cambiar y, de mantenerse idénticas las condiciones, habría repetido siempre el mismo curso de vida. Más todavía: en último análisis, lo que habría dejado su impronta en la evolución de los organismos sería la historia evolutiva de nuestra Tierra y de sus relaciones con el Sol. Las pulsiones orgánicas conservadoras han recogido cada una de estas variaciones impuestas a su curso vital, preservándolas en la repetición; por ello esas fuerzas no pueden sino despertar la engañosa impresión de que aspiran al cambio y al progreso, cuando en verdad se empeñaban meramente por alcanzar una vieja meta a través de viejos y nuevos caminos. Hasta se podría indicar cuál es esta meta final de todo bregar orgánico. Contradiría la naturaleza conservadora de las pulsiones el que la meta de la vida fuera un estado nunca alcanzado antes. Ha de ser más bien un estado antiguo, inicial, que lo vivo abandonó una vez y al que aspira a regresar por todos los rodeos de la evolución. Si nos es lícito admitir como experiencia sin excepciones que todo lo vivo muere, regresa a lo inorgánico, por razones internas, no podemos decir otra cosa que esto: La meta de toda vida es la muerte; y, retrospectivamente: Lo inanimado estuvo ahí antes que lo vivo.

En algún momento, por una intervención de fuerzas que todavía nos resulta enteramente inimaginable, se suscitaron en la materia inanimada las propiedades de la vida. Quizá fue un proceso parecido, en cuanto a su arquetipo {vorbildlich}, a aquel otro que más tarde hizo surgir la conciencia en cierto estrato de la materia viva. La tensión así generada en el material hasta entonces inanimado pugnó después por nivelarse; así nació la primera pulsión, la de regresar a lo inanimado. En esa época, a la sustancia viva le resultaba todavía 'fácil morir; probablemente tenía que recorrer sólo un breve camino vital, cuya orientación estaba marcada por la estructura química de la joven vida. Durante largo tiempo, quizá, la sustancia viva fue recreada siempre de nuevo y murió con facilidad cada vez, hasta que decisivos influjos externos se alteraron de tal modo que forzaron a la sustancia aún sobreviviente a desviarse más y más respecto de su camino vital originario, y a dar unos rodeos más y más complicados, antes de alcanzar la meta de la muerte. Acaso son estos rodeos para llegar a la muerte, retenidos fielmente por las pulsiones conservadoras, los que hoy nos ofrecen el cuadro {Bild} de los fenómenos vitales. No podemos llegar a otras conjeturas acerca del origen y la meta de la vida si nos atenemos a la idea de la naturaleza exclusivamente conservadora de las pulsiones.

Tan extraño como estas conclusiones suena lo que se obtiene respecto de los grandes grupos de pulsiones que estatuimos tras los fenómenos vitales de los organismos. El estatuto de las pulsiones de autoconservación que suponemos en todo ser vivo presenta notable oposición con el presupuesto de que la vida pulsional en su conjunto sirve a la provocación de la muerte. Bajo esta luz, la importancia teórica de las pulsiones de autoconservación, de poder y de ser reconocido, cae por tierra; son pulsiones parciales destinadas a asegurar el camino hacia la muerte peculiar del organismo y a alejar otras posibilidades de regreso a lo inorgánico que no sean las inmanentes. Así se volatiliza ese enigmático afán del organismo, imposible de insertar en un orden de coherencia, por afirmarse a despecho del mundo entero. He aquí lo que resta: el organismo sólo quiere morir a su manera, también estos guardianes de la vida fueron originariamente alabarderos de la muerte. Así se engendra la paradoja de que el organismo vivo lucha con la máxima energía contra influencias (peligros) que podrían ayudarlo a alcanzar su meta vital por el camino más corto (por cortocircuito, digámoslo así); pero esta conducta es justamente lo característico de un bregar puramente pulsional, a diferencia de un bregar inteligente.

Pero reflexionemos: ¡eso no puede ser así! Bajo una luz totalmente diversa se sitúan las pulsiones sexuales, para las cuales la doctrina de las neurosis ha reclamado un estatuto particular. No todos los organismos están expuestos a la compulsión externa que los empuja a un desarrollo cada vez más avanzado. Muchos han logrado conservarse hasta el presente en su estadio inferior; y hoy sobreviven, si no todos, al menos muchos seres que deben de ser semejantes a los estadios previos de los animales y las plantas superiores. Y de igual modo, no todos los organismos elementales que integran el cuerpo complejo de un ser vivo superior acompañan su camino íntegro de desarrollo hasta la muerte natural. Algunos de ellos (las células germinales) conservan probablemente la estructura originaria deja sustancia viva, y pasado cierto tiempo se sueltan del organismo total, cargados con todas las disposiciones pulsionales heredadas y las recién adquiridas. Quizá sean justamente estas dos propiedades las que les posibilitan su existencia autónoma. Puestos en condiciones favorables, empiezan a desarrollarse, vale decir, a repetir el juego a que deben su génesis; y el juego termina en que de nuevo una parte de su sustancia prosigue el desarrollo hasta el final, mientras que otra, en calidad de nuevo resto germinal, vuelve a remontarse hasta el principio del desarrollo. Así, estas células germinales laboran en contra del fenecimiento de la sustancia viva y saben conquistarle lo que no puede menos que aparecérsenos como su inmortalidad potencial, aunque quizá sólo implique una prolongación del camino hasta la muerte. Nos resulta en extremo significativo el hecho de que es la fusión de la célula germinal con otra, semejante a ella y no obstante diversa, lo que la potencia para esta operación o, aún más, se la posibilita.

Las pulsiones que vigilan los destinos de estos organismos elementales que sobreviven al individuo, cuidan por su segura colocación {Uizterbringung} mientras se encuentran inermes frente a los estímulos del mundo exterior, y provocan su encuentro con las otras células germinales, etc., constituyen el grupo de las pulsiones sexuales. Son conservadoras en el mismo sentido que las otras, en cuanto espejan estados anteriores de la sustancia viva; pero lo son en medida mayor, pues resultan particularmente resistentes a injerencias externas, y lo son además en otro sentido, pues conservan la vida por lapsos más largos. Son las genuinas pulsiones de vida; dado que contrarían el propósito de las otras pulsiones (propósito que por medio de la función lleva a la muerte), se insinúa una oposición entre aquellas y estas, oposición cuya importancia fue tempranamente discernida por la doctrina de las neurosis. Hay como un ritmo titubeante en la vida de los organismos; uno de los grupos pulsionales se lanza, impetuoso, hacia adelante, para alcanzar lo más rápido posible la meta final de la vida; el otro, llegado a cierto lugar de este camino, se lanza hacia atrás para volver a retomarlo desde cierto punto y así prolongar la duración del trayecto. Ahora bien, es cierto que sexualidad y diferencia de los sexos no existían al comienzo de la vida; a pesar de ello, sigue en pie la posibilidad de que las pulsiones que después se llamarían sexuales entraran en actividad desde el comienzo mismo, en vez de empezar su trabajo contrario al juego de las «pulsiones yoicas» en un punto temporal más tardío.

Pero hagamos un primer alto aquí, y preguntémonos si todas estas especulaciones no carecen de fundamento. ¿En verdad no habrá, prescindiendo de las pulsiones sexuales, otras pulsiones que las que pretenden restablecer un estado anterior? ¿Acaso no habrá otras que aspiren a algo todavía no alcanzado? Dentro del mundo orgánico no conozco ningún ejemplo cierto que contradiga la caracterización propuesta. Es seguro que en el reino animal y vegetal no se comprueba la existencia de una pulsión universal hacia el progreso evolutivo, por más que la orientación en ese sentido sigue siendo de hecho incuestionable. Pero, por una parte, muchas veces depende sólo de nuestra apreciación subjetiva el declarar que un estadio del desarrollo es superior a otro; y además, la ciencia de lo vivo nos muestra que una evolución en un punto muy a menudo se paga con una involución en otro, o se hace a expensas de este. Hay, también, buen número de formas animales cuyos estados juveniles nos hacen ver que su evolución cobró más bien un carácter regresivo. Tanto el progreso evolutivo como la involución podrían ser consecuencia de fuerzas externas que esfuerzan la adaptación, y en ambos casos el papel de las pulsiones podría circunscribirse a conservar, como fuente interna de placer, la alteración impuesta.

A muchos de nosotros quizá nos resulte difícil renunciar a la creencia de que en el ser humano habita una pulsión de perfeccionamiento que lo ha llevado hasta su actual nivel de rendimiento espiritual y de sublimación ética, y que, es lícito esperarlo, velará por la trasformación del hombre en superhombre. Sólo que yo no creo en una pulsión interior de esa índole, y no veo ningún camino que permitiría preservar esa consoladora ilusión. Me parece que la evolución que ha tenido hasta hoy el ser humano no precisa de una explicación diversa que la de los animales, y el infatigable esfuerzo que se observa en una minoría de individuos humanos hacia un mayor perfeccionamiento puede comprenderse sin violencia como resultado de la represión de las pulsiones, sobre la cual se edifica lo más valioso que hay en la cultura humana. La pulsión reprimida nunca cesa de aspirar a su satisfacción plena, que consistiría en la repetición de una vivencia primaria de satisfacción; todas las formaciones sustitutivas y reactivas, y todas las sublimaciones, son insuficientes para cancelar su tensión acuciante, y la diferencia entre el placer de satisfacción hallado y el pretendido engendra el factor pulsionante, que no admite aferrarse a ninguna de las situaciones establecidas, sino que, en las palabras del poeta, «acicatea, indomeñado, siempre hacia adelante» . El camino hacia atrás, hacia la satisfacción plena, en general es obstruido por las resistencias en virtud de las cuales las represiones se mantienen en pie; y entonces no queda más que avanzar por la otra dirección del desarrollo, todavía expedita, en verdad sin perspectivas de clausurar la marcha ni de alcanzar la meta. Los procesos que sobrevienen en el desarrollo de una fobia neurótica, que por cierto no es más que un intento de huida frente a una satisfacción pulsional, nos proporcionan el modelo de la génesis de esta aparente «pulsión de perfeccionamiento», que en modo alguno podemos atribuir a la totalidad de los individuos humanos. Sin duda que en todos preexisten sus condiciones dinámicas, pero las proporciones económicas parecen favorecer el fenómeno sólo en raros casos.

Apuntemos de pasada la posibilidad de que el afán del Eros por conjugar lo orgánico en unidades cada vez mayores haga las veces de sustituto de esa «pulsión de perfeccionamiento» que no podemos admitir. En unión con los efectos de la represión, ello contribuiría a explicar los fenómenos atribuidos a aquella.

VI

La conclusión obtenida hasta este momento, que estatuye una tajante oposición entre las «pulsiones yoicas» y las pulsiones sexuales, y según la cual las primeras se esfuerzan en el sentido de la muerte y las segundas en el de la continuación de la vida, resultará sin duda insatisfactoria en muchos aspectos, aun para nosotros mismos. A esto se suma que en verdad sólo para las primeras podríamos reclamar el carácter conservador -o, mejor, regrediente- de la pulsión que correspondería a una compulsión de repetición. En efecto, de acuerdo con nuestros supuestos, las pulsiones yoicas provienen de la animación de la materia inanimada y quieren restablecer la condición de inanimado. En cambio, en cuanto a las pulsiones sexuales, es palmario que reproducen estados primitivos del ser vivo, pero la meta que se empeñan en alcanzar por todos los medios es la fusión de dos células germinales diferenciadas de una manera determinada. Si esta unión no se produce, la célula germinal muere como todos los otros elementos del organismo pluricelular. Sólo bajo esta condición puede la función genésica prolongar la vida y conferirle la apariencia de la inmortalidad. Ahora bien, ¿qué acontecimiento importante sobrevenido en el curso evolutivo de la sustancia viva es repetido por la reproducción genésica o su precursora, la copulación {Kopulation} entre dos protistas?. No sabemos decirlo, y por eso, sí todo nuestro edificio conceptual hubiera de revelarse erróneo, lo sentiríamos como un alivio. Caería por tierra la oposición entre pulsiones yoicas (de muerte) y pulsiones sexuales (de vida), y con ello también la compulsión de repetición perdería el significado que se le atribuye.

Volvamos, entonces, sobre uno de los supuestos que hemos insertado, con la esperanza de poder refutarlo enteramente. Hemos edificado ulteriores conclusiones sobre la premisa de que todo ser vivo tiene que morir por causas internas. Si adoptamos este supuesto tan al descuido, fue porque no nos pareció tal. Estamos habituados a pensar así, y nuestros poetas nos corroboran en ello. Quizá nos indujo a esto la consolación implícita en esa creencia. Si uno mismo está destinado a morir, y antes debe perder por la muerte a sus seres más queridos, preferirá estar sometido a una ley natural incontrastable, la sublime ¢Anagch {Necesidad}, y no a una contingencia que tal vez habría podido evitarse. Pero esta creencia en la legalidad interna del morir acaso no sea sino una de las ilusiones que hemos engendrado para «soportar las penas de la existencia». Esa creencia no es, sin duda, originaria: los pueblos primitivos desconocen la idea de una «muerte natural»; atribuyen toda muerte que se produzca entre ellos a la influencia de un enemigo o de un espíritu maligno. Por eso debemos acudir sin falta a la ciencia biológica para someter a examen esta creencia.

Si lo hacemos, nos asombrará el poco acuerdo que reina entre los biólogos en cuanto al problema de la muerte natural; más aún: el concepto mismo de la muerte se les deshace entre las manos. El hecho de que al menos la vida de los animales superiores tiene cierta duración promedio aboga, desde luego, en favor de la muerte por causas internas, pero esta impresión vuelve a disiparse por la circunstancia de que ciertos grandes animales y árboles gigantescos alcanzan una edad muy elevada, que hasta ahora no ha podido estimarse. Según la grandiosa concepción de W. Fliess [1906], todos los fenómenos vitales de los organismos -incluida su muerte, desde luego- están sujetos al cumplimiento de ciertos plazos en los que se expresa la dependencia de dos sustancias vivas, una masculina y una femenina, respecto del año solar. No obstante, las observaciones acerca de la facilidad y la amplitud con que los influjos de fuerzas externas son capaces de alterar la emergencia temporal de las manifestaciones vitales (en particular del reino vegetal), anticipándolas o retardándolas, resisten su inserción dentro de las rígidas fórmulas de Fliess y hacen dudar, al menos, de que las leyes postuladas por él tengan predominio exclusivo.

Reviste máximo interés para nosotros el tratamiento que ha recibido el tema de la duración de la vida y de la muerte de los organismos en los trabajos de A. Weismann (1882, 1884, 1892, entre otros). A este investigador se debe la diferenciación de la sustancia viva en una mitad mortal y una inmortal. La mortal es el cuerpo en sentido estricto, el soma; sólo ella está sujeta a la muerte natural. Pero las células germinales son potentia {en potencia} inmortales, en cuanto son capaces, bajo ciertas condiciones favorables, de desarrollarse en un nuevo individuo (dicho de otro modo: de rodearse con un nuevo soma).

Lo que nos cautiva aquí es la inesperada analogía con nuestra concepción, desarrollada por caminos tan diferentes. Weismann, en un abordaje morfológico de la sustancia viva, discierne en ella un componente pronunciado hacia la muerte, el soma, el cuerpo excepto el material genésico y relativo a la herencia, y otro inmortal, justamente ese plasma germinal que sirve a la conservación de la especie, a la reproducción. Por nuestra parte, no hemos abordado la sustancia viva sino las fuerzas que actúan en ella, y nos vimos llevados a distinguir dos clases de pulsiones: las que pretenden conducir la vida a la muerte, y, las otras, las pulsiones sexuales, que de continuo aspiran a la renovación de la vida, y la realizan. Esto suena a un corolario dinámico de la teoría morfológica de Weismann.

Pero la ilusión de un acuerdo significativo se disipa tan pronto nos enteramos del juicio de Weismann sobre el problema de la muerte. En efecto, él hace que la distinción entre soma mortal y plasma germinal inmortal valga sólo para los organismos pluricelulares; en cambio, en los animales unicelulares, individuo y célula de la reproducción son una y la misma cosa. Por eso declara a estos últimos potencialmente inmortales; la muerte aparece únicamente entre los metazoos, los pluricelulares. Esta muerte de los seres vivos superiores es, sí, una muerte natural, producto de causas internas, pero no descansa en una propiedad originaria de la sustancia viva, no puede entenderse como una necesidad absoluta, fundada en la naturaleza de la vida . La muerte es más bien un mecanismo de conveniencia {Zweckmässigkeit}, un fenómeno de la adaptación a las condiciones vitales externas, porque desde el momento en que las células del cuerpo se dividieron en soma y en plasma germinal, una duración ilimitada de la vida individual habría pasado a ser un lujo carente de finalidad {unzweckmässig}. La emergencia de esta diferenciación en los pluricelulares hizo que la muerte deviniera posible y adecuada a fines. Desde entonces el soma de los seres vivos superiores perece por razones internas en períodos determinados, pero los protistas han permanecido inmortales. La reproducción, en cambio, no se introdujo sólo con la muerte; más bien es una propiedad primordial de la materia viva, como el crecimiento del que procedió, y la vida se ha mantenido sin solución de continuidad desde que se inició sobre la Tierra.

Con facilidad se advierte que la admisión de una muerte natural de los organismos superiores nos ayuda poco en nuestro tema. Si la muerte es una adquisición tardía del ser vivo, ya no puede hablarse de unas pulsiones de muerte que derivarían del comienzo de la vida sobre la Tierra. Y entonces, que los animales pluricelulares mueran por razones internas, sea a raíz de una diferenciación defectuosa o del carácter imperfecto de su metabolismo, carece de todo interés para el problema que nos ocupa. Por otra parte, esta concepción y derivación de la Muerte es Mucho más afín al pensamiento habitual de los hombres que el extraño supuesto de unas «pulsiones de muerte».

A mí juicio, la discusión a que dieron lugar las tesis de Weismann no resultó concluyente en ningún aspecto. Muchos autores volvieron al punto de vista de Goethe (1883), quien veía en la muerte la consecuencia directa de la reproducción. Hartmann no la caracteriza por la emergencia de un «cadáver», de una parte fenecida de la sustancia viva, sino que la define como el «cierre del desarrollo individual». En este sentido también los protozoos son mortales: la muerte siempre coincide en ellos con la reproducción, pero en cierta medida queda velada por esta última, puesto que toda la sustancia del animal progenitor puede trasmitirse directamente a los individuos jóvenes, sus hijos.

El interés de la investigación se dirigió pronto a someter a prueba experimental la aseverada inmortalidad de la sustancia viva en los animales unicelulares. Un norteamericano, Woodruff, hizo un cultivo de un infusorio ciliado, conocido como «animalito con pantuflas», que se reproduce por división en dos individuos; lo siguió hasta la generación número 3.029, en que interrumpió el experimento, tomando cada vez uno de los productos de la partición y poniéndolo en agua renovada. Pues bien: ese último retoño del primer animalito con pantuflas estaba tan joven como su antepasado, sin signo ninguno de envejecimiento o degeneración; de tal modo, si las cifras alcanzadas son ya probatorias, parecería experimentalmente demostrable la inmortalidad de los protistas.

Otros investigadores han llegado a resultados diferentes. Maupas, Calkins y otros han hallado, en oposición a Woodruff, que también estos infusorios, tras cierto número de divisiones, se debilitan, disminuyen de tamaño, pierden una parte de su organización y finalmente mueren a menos que reciban ciertas influencias renovadoras. Sostienen entonces que, tras una fase de envejecimiento, los protozoos mueren, lo mismo que los animales superiores. Así contradicen las tesis de Weismann, para quien la muerte es una adquisición tardía de los organismos vivos.

Del conjunto de estas indagaciones hemos de extraer dos hechos que parecen ofrecernos un asidero firme. En primer lugar: Si los animalitos, en un momento en que todavía no muestran ningún signo de senectud, pueden fusionarse de a dos, «copular» -y volver a separarse trascurrido cierto lapso-, quedan a salvo de envejecer, se «rejuvenecen». Esta copulación es sin duda la precursora de la reproducción genésica de los animales superiores; todavía no tiene nada que ver con la multiplicación, se limita a la mezcla de las sustancias de los dos individuos (la amphimixís de Weismann). Ahora bien, la influencia renovadora de la copulación puede sustituirse también mediante determinadas estimulaciones: alteraciones en la composición del líquido nutritivo, aumento de la temperatura o sacudimientos. Recuérdese el famoso experimento de J. Loeb, quien merced a ciertos estímulos químicos forzó procesos de división en huevos de erizo de mar, procesos que normalmente sólo se producen tras la fecundación.

En segundo lugar: Es probable, empero, que los infusorios sean conducidos a una muerte natural por su propio proceso de vida; en efecto, la contradicción entre los resultados de Woodruff y los de otros investigadores se debe a que el primero puso cada generación nueva en un líquido nutritivo renovado. Cuando omitía hacerlo, observaba el mismo envejecimiento de las generaciones que los otros investigadores. Infirió que los animalitos resultaban dañados por los productos metabólicos que arrojaban al líquido circundante, y pudo demostrar entonces convincentemente que sólo los productos del metabolismo propio tenían este efecto, que conduce a la muerte de la generación. En efecto, en una solución sobresaturada con los productos de desecho de una especie lejanamente emparentada, florecían de manera notable estos mismos animalitos que, depositados en su propio líquido nutritivo, perecían con seguridad. Abandonado a sí mismo, entonces, el infusorio muere de muerte natural por la imperfecta eliminación de sus propios productos metabólicos; pero quizá todos los animales superiores mueran, en el fondo, por esa misma incapacidad.

Puede asaltarnos esta duda: ¿Es en definitiva atinado buscar en el estudio de los protozoos la respuesta al problema de la muerte natural? Acaso la organización primitiva de estos seres nos oculta importantes constelaciones que también en ellos se presentan pero que sólo en los animales superiores, donde se han procurado una expresión morfológica, pueden ser reconocidas. Si abandonamos el punto de vista morfológico a fin de adoptar el dinámico, puede resultarnos por completo indiferente que se demuestre o no la muerte natural de los protozoos. En ellos, la sustancia reconocida después como inmortal no se ha separado todavía en modo alguno de la sustancia mortal. Las fuerzas pulsionales que quieren trasportar la vida a la muerte podrían actuar también en ellos desde el comienzo, y no obstante, su efecto podría encontrarse tan oculto por las fuerzas de la conservación de la vida que su demostración directa se volviera muy difícil. Por otra parte, ya dijimos que las observaciones de los biólogos nos permiten suponer también en los protistas esa clase de procesos internos que conducen a la muerte. Pero aun si los protistas resultaran ser inmortales en el sentido de Weismann, su tesis de que la muerte es una adquisición tardía vale sólo para las exteriorizaciones manifiestas de la muerte y no habilita a hacer supuesto alguno en cuanto a los procesos que esfuerzan hacia ella.

No se ha cumplido nuestra expectativa de que la biología habría de desechar de plano el reconocimiento de la pulsión de muerte. Podemos seguir ocupándonos de su posibilidad si tenemos otros fundamentos para hacerlo. Comoquiera que fuese, la llamativa semejanza de la separación que traza Weismann entre soma y plasma germinal, y nuestra división entre pulsiones de muerte y pulsiones de vida, queda en pie y recupera su valor.

Detengámonos un poco en esta concepción eminentemente dualista de la vida pulsional. Según la teoría de Ewald Hering sobre la sustancia viva [1878, págs. 77 y sigs.], en ella discurren de continuo dos clases de procesos de orientación contrapuesta: uno de anabolismo -asimilatorio- y el otro de catabolismo -desasimilatorio-. ¿Osaremos discernir en estas dos orientaciones de los procesos vitales la actividad de nuestras dos mociones pulsionales, la pulsión de vida y la pulsión de muerte? Y hay otra cosa que no podemos disimular: inadvertidamente hemos arribado al puerto de la filosofía de Schopenhauer, para quien la muerte es el «genuino resultado» y, en esa medida, el fin de la vida, mientras que la pulsión sexual es la encarnación de la voluntad de vivir.

Ensayemos, fríamente, dar un paso más. Es opinión general que la unión de numerosas células en una «sociedad», vital, el carácter pluricelular de los organismos, constituye un medio para la prolongación de su vida. Una célula ayuda a preservar la vida de las otras, y ese «Estado» celular puede pervivir aunque algunas de sus células mueran. Sabemos ya que la copulación, la fusión temporaria de dos seres unicelulares, provoca sobre ambos un efecto rejuvenecedor y de conservación de la vida. Siendo así, podría ensayarse transferir a la relación recíproca entre las células la teoría de la libido elaborada por el psicoanálisis. Imaginaríamos entonces que las pulsiones de vida o sexuales, activas en cada célula, son las que toman por objeto a las otras células, neutralizando en parte sus pulsiones de muerte (vale decir, los procesos provocados por estas últimas) y manteniéndolas de ese modo en vida; al mismo tiempo, otras células procuran lo mismo a las primeras, y otras, todavía, se sacrifican a sí mismas en el ejercicio de esta función libidinosa. En cuanto a las células germinales, se comportarían de manera absolutamente «narcisista», según la designación que solemos usar en la doctrina de las neurosis cuando un individuo total retiene su libido en el interior del yo y no desembolsa nada de ella en investiduras de objeto. Las células germinales han menester de su libido -la actividad de sus pulsiones de vida- para sí mismas, en calidad de reserva, con miras a su posterior actividad, de grandiosa dimensión anabólica. Quizás habría que declarar narcisistas, en este mismo sentido, a las células de los neoplasmas malignos que destruyen al organismo; en efecto, la patología está preparada para considerar congénitos sus gérmenes y atribuirles propiedades embrionales. De tal suerte, la libido de nuestras pulsiones sexuales coincidiría con el Eros de los poetas y filósofos, el Eros que cohesiona todo lo viviente.

En este punto se nos ofrece la ocasión de abarcar panorámicamente el lento desarrollo de nuestra teoría de la libido. Al comienzo, el análisis de las neurosis de transferencia nos compelió a establecer la oposición entre las «pulsiones sexuales», que están dirigidas al objeto, y otras pulsiones, que discernimos de manera muy insatisfactoria y provisionalmente llamamos «pulsiones yoicas». Entre ellas debimos reconocer, en primera línea, pulsiones que sirven a la autoconservación del individuo. No pudo averiguarse nada más en cuanto a otras distinciones necesarias. Para echar las bases de una psicología correcta, ningún otro conocimiento habría sido tan importante como una intelección aproximada de la naturaleza común y las eventuales particularidades de las pulsiones. Pero en ningún campo de la psicología se andaba tan a tientas. Cada uno establecía a su antojo cierto número de pulsiones o «pulsiones básicas», y después las administraba como hacían los antiguos filósofos naturalistas griegos con sus cuatro elementos: agua, tierra, fuego y aire. El psicoanálisis, que no podía prescindir de alguna hipótesis acerca de las pulsiones, se atuvo al comienzo a la diferenciación popular cuyo paradigma es la frase «por hambre y por amor». Así, al menos, no incurría en una nueva arbitrariedad. Y ello permitió avanzar un buen trecho en el análisis de las psiconeurosis. El concepto de «sexualidad» -y con él, el de pulsión sexual- no pudo menos que extenderse a muchas cosas que no se subordinaban a la función de reproducción, lo que provocó gran escándalo en una sociedad rígida, respetable o meramente hipócrita.

El paso siguiente se dio cuando el psicoanálisis pudo tantear de más cerca al yo psicológico, del cual al comienzo sólo había tenido noticia como instancia represora, censuradora y habilitada para erigir vallas protectoras y formaciones reactivas. Espíritus críticos y otros de amplias miras habían objetado desde tiempo antes, es cierto, que el concepto de libido se restringiese a la energía de las pulsiones sexuales dirigidas al objeto. Pero omitieron comunicar de dónde les llegaba su mejor intelección, y no atinaron a derivar de ella algo utilizable para el análisis. Ahora bien, llamó la atención de la observación psicoanalítica, en su cuidadoso avance, la regularidad con que la libido era quitada del objeto y dirigida al yo (introversión); y, estudiando el desarrollo libidinal del niño en sus fases más tempranas, llegó a la intelección de que el yo era el reservorio {Reservoir} genuino y originario de la libido, la cual sólo desde ahí se extendía al objeto. El yo pasó a formar parte de los objetos sexuales, y enseguida se discernió en él al más encumbrado de ellos. La libido fue llamada narcisista cuando así permanecía dentro del yo.

Desde luego, esta libido narcisista era también una exteriorización de fuerzas de pulsiones sexuales en sentido analítico, pero era preciso identificarla con las «pulsiones de autoconservación» admitidas desde el comienzo mismo. De este modo, la oposición originaria entre pulsiones' yoicas y pulsiones sexuales se volvía insuficiente. Una parte de las pulsiones yoicas fue reconocida como libidinosa; en el interior del yo actuaban -junto a otras, probablemente- también pulsiones sexuales. Y a pesar de ello, se está autorizado a decir que la vieja fórmula según la cual la psiconeurosis consiste en un conflicto entre pulsiones yoicas y pulsiones sexuales no contiene nada que hoy deba desestimarse. Sencillamente, la diferencia entre ambas variedades de pulsiones, que en el origen se había entendido con alguna inflexión cualitativa, ahora debía definirse de otro modo, a saber, tópico. La neurosis de transferencia, en particular, el genuino objeto de estudio del psicoanálisis, seguía siendo el resultado de un conflicto entre el yo y la investidura libidinosa de objeto.

Tanto más nos vemos obligados a destacar el carácter libidinoso de las pulsiones de autoconservación ahora, desde que osamos dar otro paso: discernir la pulsión sexual como el Eros que todo lo conserva, y derivar la libido narcisista del yo a partir de los aportes libidinales con que las células del soma se adhieren unas a otras. Pues bien; de pronto nos enfrentamos con este problema: Si también las pulsiones de autoconservación son de naturaleza libidinosa, acaso no tengamos otras pulsiones que las libidinosas. Al menos, no se ven otras. Pero entonces es preciso dar la razón a los críticos que desde el comienzo sospecharon que el psicoanálisis lo explicaba todo por la sexualidad, o a los innovadores como Jung, quien no ha mucho se resolvió a usar «libido» con la acepción de «fuerza pulsional» en general. ¿Acaso no es así?

Para empezar, este resultado no estaba en nuestras intenciones. Más bien hemos partido de una tajante separación entre pulsiones yoicas = pulsiones de muerte, y pulsiones sexuales = pulsiones de vida. Estábamos ya dispuestos [cf. AE, 18, págs. 38-9] a computar las supuestas pulsiones de autoconservación del yo entre las pulsiones de muerte, de lo cual posteriormente nos abstuvimos, corrigiéndonos. Nuestra concepción fue desde el comienzo dualista, y lo es de manera todavía más tajante hoy, cuando hemos dejado de llamar a los opuestos pulsiones yoicas y pulsiones sexuales, para darles el nombre de pulsiones de vida y pulsiones de muerte. En cambio, la teoría de la libido de Jung es monista; el hecho de que llamara «libido» a su única fuerza pulsional tuvo que sembrar confusión, pero no debe influirnos más. Conjeturamos que en el interior del yo actúan pulsiones diversas de las de autoconservación libidinosas; sólo que deberíamos poder indicarlas. Es de lamentar que nos resulte harto difícil hacerlo, por el atraso en que se encuentra el análisis del yo. Acaso las pulsiones libidinosas del yo estén enlazadas de una manera particular con esas otras pulsiones yoicas que todavía desconocemos. Aun antes de discernir claramente el narcisismo, el psicoanálisis conjeturaba que las «pulsiones yoicas» han atraído hacia sí componentes libidinosos. Pero estas son posibilidades muy inciertas, y es difícil que nuestros oponentes las tomen en cuenta. Sigue siendo fastidioso que el análisis hasta ahora sólo nos haya permitido pesquisar pulsiones [yoicas] libidinosas. Mas no por ello avalaríamos la inferencia de que no hay otras.

Dada la oscuridad que hoy envuelve a la doctrina de las pulsiones, no haríamos bien desechando ocurrencias que nos prometieran esclarecimiento. Hemos partido de la gran oposición entre pulsiones de vida y pulsiones de muerte. El propio amor de objeto nos enseña una segunda polaridad de esta clase, la que media entre amor (ternura) y odio (agresión). ¡Sí consiguiéramos poner en relación recíproca estas dos polaridades, reconducir la una a la otra! Desde: siempre hemos reconocido un componente sádico en la pulsión sexual; según sabemos, puede volverse autónomo y gobernar, en calidad de perversión, la aspiración sexual íntegra de la persona. Y aun se destaca, como pulsión parcial dominante, en una de las que he llamado «organizaciones pregenitales». Ahora bien, ¿cómo podríamos derivar del Eros conservador de la vida la pulsíón sádica, que apunta a dañar el objeto? ¿No cabe suponer que ese sadismo es en verdad una pulsión de muerte apartada del yo por el esfuerzo y la influencia de la libido narcisista, de modo que sale a la luz sólo en el objeto? Después entra al servicio de la función sexual; en el estadio de organización oral de la libido, el apoderamiento amoroso coincide todavía con la aniquilación del objeto; más tarde la pulsión sádica se separa y cobra a la postre, en la etapa del primado genital regido por el fin de la reproducción, la función de dominar al objeto sexual en la medida en que lo exige la ejecución del acto genésico. Y aun podría decirse que el sadismo esforzado a salir {berausdrängen} del yo ha enseñado el camino a los componentes libidinosos de la pulsión sexual, que, en pos de él, se esfuerzan en dar caza {nachdrängen} al objeto. Donde el sadismo originario no ha experimentado ningún atemperamiento ni fusión {Verschmelzung}, queda establecida la conocida ambivalencia amor-odio de la vida amorosa.

Si es lícito hacer un supuesto así, se habría cumplido el requisito de indicar un ejemplo de pulsión de muerte (es verdad que desplazada/descentrada). Sólo que esta concepción está alejadísima de toda evidencia, y produce una impresión directamente mística. Cae sobre nosotros la sospecha de que habríamos buscado a toda costa un expediente para salir de un estado de gran perplejidad. Pero nos asiste el derecho de invocar que un supuesto así no es nuevo, que ya lo hicimos una vez antes, cuando no podía ni hablarse de perplejidad. Observaciones clínicas nos impusieron en su tiempo esta concepción: el masoquismo, la pulsión parcial complementaria del sadismo, ha de entenderse como una reversión {Rückwendung} del sadismo hacía el yo propio. Ahora bien, una vuelta {Wendung} de la pulsión desde el objeto hacia el yo no es en principio otra cosa que la vuelta desde el yo hacia el objeto que aquí se nos plantea como algo nuevo. El masoquismo, la vuelta de la pulsión hacía el yo propio, sería entonces, en realidad, un retroceso a una fase anterior de aquella, una regresión. La exposición que hicimos del masoquismo en aquella época necesitaría ser enmendada en un punto, por demasiado excluyente: podría haber también un masoquismo primario, cosa que en aquel lugar quise poner en entredicho.

Pero volvamos a las pulsiones sexuales conservadoras de la vida. Ya la investigación de los protistas nos enseñó que la fusión de dos individuos sin división subsiguiente a su separación, o sea la copulación, produce un efecto fortalecedor y rejuvenecedor sobre ambos, vueltos a desasir. En las sucesivas generaciones no muestran fenómeno alguno degenerativo, y parecen capacitados para resistir más tiempo los deterioros de su propio metabolismo. Opino que esta particular observación puede tomarse como modelo también del efecto que produce la unión genésica. Pero, ¿de qué manera la fusión de dos células poco diferenciadas provoca semejante renovación de la vida? El experimento consistente en sustituir la copulación, en el caso de los protozoos, por estímulos químicos y aun mecánicos permite dar una segura respuesta: Sobreviene por el aporte de nuevas magnitudes de estímulo. Ahora bien, esto armoniza con el supuesto de que el proceso vital del individuo lleva por razones internas a la nivelación de tensiones químicas, esto es, a la muerte, mientras que la unión con una sustancia viva que conforme un individuo diferente aumenta estas tensiones, introduce nuevas diferencias vitales, por así decir, que después tienen que ser devividas {ableben}. En lo referente a estas diferencias tienen que existir, desde luego, uno o más óptimos. Y puesto que hemos discernido como la tendencia dominante de la vida anímica, y quizá de la vida nerviosa en general, la de rebajar, mantener constante, suprimir la tensión interna de estímulo (el principio de Nirvana, según la terminología de Barbara Low [1920, pág. 73]), de lo cual es expresión el principio de placer, ese constituye uno de nuestros más fuertes motivos para creer en la existencia de pulsiones de muerte.

No obstante, seguimos sintiendo como un notable escollo para nuestra argumentación que no podamos pesquisar, justamente respecto de la pulsión sexual, aquel carácter de compulsión de repetición que nos puso sobre la pista de las pulsiones de muerte. Es cierto que en el ámbito de los procesos evolutivos embrionarios sobreabundan tales fenómenos de repetición, y que las dos células germinales de la reproducción genésica y su historia vital no son, a su vez, sino repeticiones de los principios de la vida orgánica; pero lo esencial en los procesos en cuya base opera la pulsión sexual es la fusión de dos cuerpos celulares. Sólo en virtud de ella se asegura en los seres vivos superiores la inmortalidad de la sustancia viva.

Con otras palabras: debemos procurarnos información sobre el origen de la reproducción genésica y de las pulsiones sexuales en general, tarea esta frente a la cual un profano no puede menos que retroceder, y que los propios investigadores especializados no han podido resolver hasta hoy. Por eso, de todas las indicaciones y opiniones encontradas destacaremos, en apretada síntesis, lo que admite enlazarse con nuestra argumentación.

Hay una concepción que despoja al problema de la reproducción de su secreto encanto, presentándola como un fenómeno parcial del crecimiento (multiplicación por división, por renuevo, por gemiparidad). En un espíritu sobriamente darwinista podría concebirse así la génesis de la reproducción por células germinales diferenciadas sexualmente: la ventaja de la amphimixis, lograda en cierto momento por la copulación casual de dos protistas, fue mantenida durante largo tiempo en la evolución y después se sacó partido de ella. El «sexo» no sería entonces muy antiguo, y las pulsiones extraordinariamente violentas que quieren producir la unión sexual repetirían algo que una vez ocurrió por casualidad y después se afianzó por resultar ventajoso.

Lo mismo que a raíz de la muerte [cf. AE, 18, pág. 48], se plantea aquí el problema: ¿Acaso hay que suponer en los protistas sólo lo que muestran? ¿No puede conjeturarse que nacieron por primera vez en ellos fuerzas y procesos que sólo se volvieron visibles en los seres vivos superiores? La citada concepción de la sexualidad sirve de muy poco a nuestros propósitos. Se podría objetarle que presupone la existencia de pulsiones de vida que actúan ya en el ser vivo más simple; de lo contrario, en efecto, la copulación, que contrarresta el curso vital y dificulta la tarea de devivir {ableben}, no habría sido mantenida y desarrollada, sino evitada. Entonces, si no queremos abandonar la hipótesis de las pulsiones de muerte, hay que asociarlas desde el comienzo mismo con unas pulsiones de vida. Pero es preciso confesarlo: trabajamos ahí con una ecuación de dos incógnitas. Lo que hallamos en la ciencia acerca de la génesis de la sexualidad es tan poco que este problema puede compararse con un recinto oscuro donde no ha penetrado siquiera la vislumbre de una hipótesis. Es verdad que hallamos una hipótesis así en un sitio totalmente diverso, pero ella es de naturaleza tan fantástica -por cierto, más un mito que una explicación científica- que no me atrevería a mencionarla si no llenara justamente una condición cuyo cumplimiento anhelamos. Esa hipótesis deriva una pulsión de la necesidad de restablecer un estado anterior.

Me refiero, desde luego, a la teoría que Platón hace desarrollar en El banquete por Aristófanes, y que no sólo trata del origen de la pulsión sexual, sino de su más importante variación con respecto al objeto: «Antaño, en efecto, nuestra naturaleza no era idéntica a la que vemos hoy, sino de otra suerte. Sepan, en primer lugar, que la humanidad comprendía tres géneros, y no dos, macho y hembra, como hoy; no, existía además un tercero, que tenía a los otros dos reunidos: el andrógino...». Ahora bien, en estos seres humanos todo era doble: tenían, pues, cuatro manos y cuatro pies, dos rostros, genitales dobles, etc. Entonces Zeus se determinó a dividir a todos los seres humanos en dos partes «como se corta a los membrillos para hacer conserva. (...) El seccionamiento había desdoblado el ser natural. Entonces cada mitad, suspirando por su otra mitad, se le unía: se abrazaban con las manos, se enlazaban entre sí anhelando fusionarse en un solo ser...» .

¿Aventuraremos, siguiendo la indicación del filósofo noeta. La hipótesis de que la sustancia viva fue desgarrada, a raíz de su animación, en pequeñas partículas que desde entonces aspiran a reunirse por medio de las pulsiones sexuales? ¿Y que estas pulsiones, en las que persiste la afinidad química de la materia inanimada, superan poco a poco, a lo largo del reino de los protistas, las dificultades que opone a esta aspiración un medio cargado de estímulos que hacen peligrar la vida, medio que obliga a la formación de un estrato cortical protector? ¿Que estas partículas de sustancia viva dispersadas alcanzan así el estado pluricelular y finalmente trasfieren a las células germinales, en concentración suprema, la pulsión a la reunión? Este es, creo, el punto en que debemos interrumpir.

No, empero, sin agregar algunas palabras de reflexión crítica. Podría preguntárseme si yo mismo estoy convencido de las hipótesis desarrolladas aquí, y hasta dónde lo estoy. Mi respuesta sería: ni yo mismo estoy convencido, ni pido a los demás que crean en ellas. Me parece que nada tiene que hacer aquí el factor afectivo del convencimiento. Es plenamente lícito entregarse a una argumentación, perseguirla hasta donde lleve, sólo por curiosidad científica o, si se quiere, como un advocatus diaboli que no por eso ha entregado su alma al diablo. No desconozco que el tercer paso de la doctrina de las pulsiones, este que emprendo aquí, no puede reclamar la misma certeza que los dos anteriores, a saber, la ampliación del concepto de sexualidad y la tesis del narcisismo. Esas innovaciones eran trasposiciones directas de la observación a la teoría; no adolecían de fuentes de error mayores que las inevitables en tales casos. La afirmación del carácter regresivo de las pulsiones descansa también, es cierto, en un material observado, a saber, los hechos de la compulsión de repetición. Sólo que quizá he sobrestimado su importancia. Comoquiera que fuese, sólo es posible llevar hasta el final esta idea combinando varias veces, en sucesión, lo fáctico con lo meramente excogitado, lo cual nos aleja mucho de la observación. Se sabe que el resultado final será tanto menos confiable cuantas más veces se haga eso mientras se edifica una teoría, pero el grado de incerteza no es indicable. Puede que se haya llegado a puerto felizmente, o que poco a poco se haya caído en el error. Para tales trabajos, no confío mucho en la llamada intuición; lo que de ella he visto, me parece más bien el logro de una cierta imparcialidad del intelecto. Sólo que, por desdicha, rara vez se es imparcial cuando se trata de las cosas últimas, de los grandes problemas de la ciencia y de la vida. Creo que cada cual está dominado por preferencias hondamente arraigadas en su interioridad, que, sin que se lo advierta, son las que se ponen por obra cuando se especula. Habiendo razones tan buenas para la desconfianza, no se puede adoptar sino una fría benevolencia hacia los resultados del propio esfuerzo conceptual. Sólo me apresuro a agregar que semejante autocrítica en modo alguno obliga a una particular tolerancia hacia las opiniones divergentes. Se puede refutar intransigentemente teorías que resultan contradichas desde los primeros pasos que uno da en el análisis de la observación, y a pesar de ello se puede saber que la corrección de las que uno mismo sustenta es sólo provisional.

Al juzgar nuestra especulación acerca de las pulsiones de vida y de muerte, nos inquietará poco que aparezcan en ella procesos tan extraños e inimaginables como que una pulsión sea esforzada a salir fuera por otra, o que se vuelva del yo al objeto, y cosas parecidas. Esto sólo se debe a que nos vemos precisados a trabajar con los términos científicos, esto es, con el lenguaje figurado {de imágenes} propio de la psicología (más correctamente: de la psicología de las profundidades). De otro modo no podríamos ni describir los fenómenos correspondientes; más aún: ni siquiera los habríamos percibido. Es probable que los defectos de nuestra descripción desaparecieran si en lugar de los términos psicológicos pudiéramos usar ya los fisiológicos o químicos. Pero en verdad también estos pertenecen a un lenguaje figurado, aunque nos es familiar desde hace más tiempo y es, quizá, más simple.

Por otro lado, advirtamos bien que la incerteza de nuestra especulación se vio aumentada en alto grado por la necesidad de tomar préstamos a la ciencia biológica. La biología es verdaderamente un reino de posibilidades ¡limitadas; tenemos que esperar de ella los esclarecimientos más sorprendentes y no podemos columbrar las respuestas que decenios más adelante dará a los interrogantes que le planteamos. Quizá las dé tales que derrumben todo nuestro artificial edificio de hipótesis. Pero si es así, podría preguntarse: ¿Para qué tomarse trabajos como los consignados en esta sección, y por qué comunicarlos además? Pues bien, es sólo que no puedo negar que algunas de las analogías, enlaces y nexos apuntados en ella me parecieron dignos de consideración.

VII

Si realmente es un carácter tan general de las pulsiones el de querer restablecer un estado anterior, no podemos asombrarnos de que en la vida anímica tantos procesos se consumen con independencia del principio de placer. Acaso este carácter se comunica a toda pulsión parcial: en estas, se trataría de recobrar una determinada estación de la vía de desarrollo. Pero de que el principio de placer aún no haya recibido poder alguno sobre todo eso, no se sigue que todo eso haya de estar en oposición a él; y sigue irresuelta la tarea de determinar la relación de los procesos pulsionales de repetición con el imperio del principio de placer.

Hemos discernido como una de las más tempranas e importantes funciones del aparato anímico la de «ligar» las mociones pulsionales que le llegan, sustituir el proceso primario que gobierna en ellas por el proceso secundario, trasmudar su energía de investidura libremente móvil en investidura predominantemente quiescente (tónica). En el curso de esta trasposición no es posible advertir el desarrollo de displacer, mas no por ello se deroga el principio de placer. La trasposición acontece más bien al servicio del principio de placer; la ligazón es un acto preparatorio que introduce y asegura el imperio del principio de placer.

Separemos función y tendencia de manera más tajante que hasta ahora. El principio de placer es entonces una tendencia que está al servicio de una función: la de hacer que el aparato anímico quede exento de excitación, o la de mantener en él constante, o en el nivel mínimo posible, el monto de la excitación. Todavía no podemos decidirnos con certeza por ninguna de estas versiones, pero notamos que la función así definida participaría de la aspiración más universal de todo lo vivo a volver atrás, hasta el reposo del mundo inorgánico. Todos hemos experimentado que el máximo placer asequible a nosotros, el del acto sexual, va unido a la momentánea extinción de una excitación extremada. Ahora bien, la ligazón de la moción pulsional sería una función preparatoria destinada a acomodar la excitación para luego tramitarla definitivamente en el placer de descarga.

Dentro de este mismo orden de consideraciones, nos preguntamos si las sensaciones de placer y displacer pueden ser producidas de igual manera por los procesos excitatorios ligados y los no ligados. Pues parece fuera de toda duda que los procesos no ligados, los procesos primarios, provocan sensaciones mucho más intensas en ambos sentidos que los ligados, los del proceso secundario. Además, los procesos primarios son los más tempranos en el tiempo; al comienzo de la vida anímica no hay otros, y podemos inferir que si el principio de placer no actuase ya en ellos, nunca habría podido instaurarse para los posteriores. Llegamos así a un resultado nada simple en el fondo: el afán de placer se exterioriza al comienzo de la vida anímica con mayor intensidad que más tarde, pero no tan irrestrictamente; se ve forzado a admitir frecuentes rupturas. En épocas de mayor madurez, el imperio del principio de placer está mucho más asegurado, pero él mismo no ha podido sustraerse al domeñamiento más que las otras pulsiones. Comoquiera que fuese, aquello que en el proceso excitatorio hace nacer las sensaciones de placer y displacer tiene que estar presente en el proceso secundario lo mismo que en el primario.

Este sería el punto en que habría que iniciar otros estudios. Nuestra conciencia nos trasmite desde adentro no sólo las sensaciones de placer y displacer, sino también las de una peculiar tensión que, a su vez, puede ser placentera o displacentera. Ahora bien, ¿hemos de entender que por medio de estas sensaciones diferenciamos los procesos de la energía ligada y los de la no ligada, o la sensación de tensión ha de referirse a la magnitud absoluta, eventualmente al nivel de la investidura, mientras que la serie placer-displacer apunta al cambio de las magnitudes de investidura dentro de la unidad de tiempo? También tiene que llamarnos la atención que las pulsiones de vida tengan muchísimo más que ver con nuestra percepción interna; en efecto, se presentan como revoltosas, sin cesar aportan tensiones cuya tramitación es sentida como placer, mientras que las pulsiones de muerte parecen realizar su trabajo en forma inadvertida. El principio de placer parece estar directamente al servicio de las pulsiones de muerte; es verdad que también monta guardia con relación a los estímulos de afuera, apreciados como peligros por las dos clases de pulsiones, pero muy en particular con relación a los incrementos de estímulo procedentes de adentro, que apuntan a dificultar la tarea de vivir. Aquí se anudan otros problemas, innumerables, a los que todavía no es posible responder. Pero debemos ser pacientes y esperar que la investigación cuente con otros medios y tenga otras ocasiones. También hay que estar preparados para abandonar un camino que se siguió por un tiempo, si no parece llevar a nada bueno. Sólo los creyentes que piden a la ciencia un sustituto del catecismo abandonado echarán en cara al investigador que remodele o aun rehaga sus puntos de vista. En cuanto a lo demás, un poeta (Rückert) nos consuela por la lentitud con que progresa nuestro conocimiento científico:

«Lo que no puede tomarse volando

hay que alcanzarlo cojeando».